# Winston Churchill

# 萨伏罗拉

Savrola

〔英〕温斯顿·丘吉尔 著

徐 阳 译

人民文学出版社
PEOPLE'S LITERATURE PUBLISHING HOUSE

Winston Churchill
**Savrola**

Simplified Chinese edition copyright © 2021 by Shanghai 99 Readers'
Culture Co. , Ltd.

**图书在版编目(CIP)数据**

萨伏罗拉/(英)温斯顿·丘吉尔著;徐阳译. —
北京:人民文学出版社,2021
(记忆的角落)
ISBN 978-7-02-016457-8

Ⅰ.①萨…　Ⅱ.①温…②徐…　Ⅲ.①长篇小说-英
国-现代　Ⅳ.①I561.45

中国版本图书馆 CIP 数据核字(2020)第 119805 号

责任编辑　朱卫净　周　展
装帧设计　李苗苗

出版发行　**人民文学出版社**
社　　址　**北京市朝内大街 166 号**
邮政编码　**100705**

印　　制　**山东新华印务有限公司**
经　　销　**全国新华书店等**

字　　数　**115 千字**
开　　本　**787 毫米×1092 毫米　1/32**
印　　张　**8.375**
版　　次　**2021 年 7 月北京第 1 版**
印　　次　**2021 年 7 月第 1 次印刷**

书　　号　**978-7-02-016457-8**
定　　价　**49.00 元**

如有印装质量问题,请与本社图书销售中心调换。电话:010 - 65233595

记忆的角落，也会有光

目录

# 第一章
## 政坛剧变

骤雨初晴，灿烂的阳光刺破云层，在劳拉尼亚城的街道、房屋和庭园投下变幻莫测的影子。日光中，一切都在水色里闪闪发亮：尘埃洗尽，天朗气清，绿树令人心旷神怡。这是酷暑后的第一场雨，宣告宜人的秋日正式到来，劳拉尼亚共和国的首都成了艺术家、老弱病残和奢靡逸乐之徒的天堂。

刚过去的倾盆大雨却没有冲散议会大厦前那片巨大的宪法广场上聚集的人群。好雨一场，也没有洗净人们紧张的怒容，纵然浑身湿透，他们激情不减。显而易见，一桩大事蓄势待发。人民代表们平日聚会的这座建筑气势宏伟，外墙饰有战利品雕饰和塑像，庄严肃穆。它们出自热爱艺术的古人之手，如今形貌依旧。共和国近卫军的一支长矛轻骑兵中队停在大台阶前，一队数量可观的步兵横在入口处，清出了大片空地。士兵们身后，人山人海。他们蜂拥而至，拥入广场和附近的街道。广场上一座座纪念碑拔地而起，纪念着共和国的英雄与豪杰，见证着共和国的品位与荣耀。聚会的人群也拥上了纪念碑，爬满了它们，仿佛那不过是叠在一起的人堆。就连树上都有不少看客，俯瞰广场的房屋和办公室窗口也挤满了人，屋顶更不例外。人潮涌动，兴奋激扬之情在空气中震颤，似狂风扫过巨浪滔天的海面。四下里不时有人攀上同伴的肩头，向着能听见自己说话的人群慷慨陈词，而回应他们的是一浪接一浪的欢呼呐喊——很多人甚至听不见一个字，他们只是需要一种声音，喊出他们共同的感受。

这一天注定载入劳拉尼亚共和国史册。内战后，人民忍受独裁统治之辱已有五年之久。现任政府强大，对乱世的记忆犹新，清醒的公民对此心知肚明。然而人们早已开始窃窃私语。持久的内战以安东尼奥·墨拉达总统获胜而告终。可战败方也有不少幸存者：有的罹受伤痛之苦，有的财产被充公；还有的惨遭囚禁；许多人痛失亲朋，逝者奄奄一息时，告诫生者提防冷酷无情的战后起诉。政府最初成立时，面对势不两立的敌人，建立了严酷的专政统治。它无情地推翻了公民们热烈拥护、引以为豪的古老宪政。多少个世纪以来，下议院始终是民主和自由的坚强堡垒，总统却以残余势力过于嚣张为由，拒绝邀请人民选派代表作为议员加入其中。日复一日，年复一年，不满情绪滋生。最初仅由几名战败方幸存者组成的国家党，如今已壮大成为国内党员人数最多的强大派系，还最终确立了领导人。焦虑之情四处蔓延。都城人口数量庞大，民众蠢蠢欲动，一心只想起义。示威游行一场接一场，骚乱接连不断，就连军队都出现了哗变的迹象。总统好不容易才决定做出让步。官方宣称，选举令将于九月一日下发，届时人民将有机会表达自己的意愿和观点。

有些态度温和的公民，听到这承诺便心满意足。极端派见己方势力遭到削弱，也松了口。政府趁热打铁，顺势逮捕了几名激进的反对派领导人。其他刚刚回国加入叛乱的流亡者，再次越过边境出逃。政府严格搜查，收缴大批量武器。欧洲各势力也饶有兴味地紧盯政治晴雨表，虽然相信劳拉尼亚政府会控制大局，但依然不乏紧张和焦虑。与此同时，人民正满怀希望，静待承诺兑现。

这一天终于到来。政府官员已召集所有七万名男性选民，为登记投票做好了准备。总统将依照惯例，亲自为忠诚的公民签署召集令。接着选举委托书将分发到各省市不同选区。随后，这些选民，手握古老宪法赋予的选举权，将以此评判他——这位满心怨愤的民粹主义者口中的"独裁者"——的行径。

这就是万众瞩目的那一刻。尽管人群中偶尔传出阵阵欢呼声，但更多时间都在静静等待。甚至当他们看到总统恰巧路过此地前往议会大厦时，也按捺住了喝倒彩的冲动。在他们眼中，总统即将退位，这就足以弥补一切。历史悠久的制度即将恢复，备受珍视的权利即将归还到人民手中，民主政府将再一次在劳拉尼亚取得胜利。

突然，台阶最上方出现了一名年轻人，他衣衫不整，激动得满面通红。这是市议员莫雷特。民众立即认出他来，向他欢呼。许多看不见他的人也跟着喊了起来，喊声在广场回荡，喊出了一个民族的满足。他拼命打手势，不知道有没有说话——即便说了，也已被喧哗吞没。莫雷特身后，一位传达员匆匆跟了出来，把手搭在他肩上，把他拉回门口的阴影中，好像认真地说了些什么。人群中欢呼依旧。

第三个人从门口出来了，那是一位穿着市政厅长袍的老者。他从台阶走向停在那儿等他的马车——更准确地说，他是踉踉跄跄地晃过去的。欢呼再起。"戈多伊，戈多伊！好样的，戈多伊！人民的好卫士！好哇，好哇！"

他就是市长，是改革势力中最强、最受敬重的成员之一。他钻进马车，穿入军队清出的那片空地，穿入人群。人们还在欢呼，却毕恭毕敬地让路。

马车是敞开式的。不难看出，老人十分难过。他面色苍白，整个人都因为竭力压抑悲愤之情而不住颤抖，连嘴唇也仿佛拧作一团。人群鼓掌相迎，但很快便注意到他形容扭曲、面色痛苦。他们围在马车旁大喊："怎么了，顺利吗？说话啊，戈多伊，说话啊！"但他谁也不理，只是烦躁得浑身发颤，命令马车夫加速。人们缓缓让开，闷闷不乐，若有所思，好像从中得出了重要推断。一定出事了，措手不及，难以预测，不如人意。究竟为何，众人拭目以待。

五花八门的谣言漫天飞扬：总统拒签选举令；总统自杀了；政府下令军队开火；选举根本就不存在；有人说萨伏罗拉被捕了，还有人补充道，就是在上议院被抓的，已经遇害了。人群刚才的喧哗被压成了一片沉闷的嗡嗡声，渐渐燃成怒火。

真相终于揭晓了。广场边有栋房子，与下议院仅一巷之隔。这条窄巷由军队把守，严禁通行。在这栋房子的阳台上，年轻的市议员莫雷特又出现了。他的到来像是暴风雨降临的信号，广场上立刻爆发出疯狂而紧张的叫喊声。他举手示意众人安静，片刻后，近处的人听到了他的声音。"他背叛你们了……残忍的骗局……我们的希望被踩得稀烂……努力都白费了……骗子！骗子！骗子！"他的演说断断续续地传到激动的人群中。接着，他喊了一句话，几千人听到了，再口耳相传给几千人。"选民登记制度被毁了，一大半选民的名字都被抹去了。哦，劳拉尼亚人民，回你们的帐篷去吧！"

霎时间一片寂静，随后人群中传出一声哭号——出于狂怒，出于失望，出于死心。

此刻，四匹马拉着总统的专车向台阶底部驶去，驭者身着共和国制服，一队长矛轻骑兵护驾。接着，议会大厦门口出现了一位气度不凡的人物。他身穿光鲜亮丽的蓝白色将军制服，胸前闪耀着奖牌和勋章。他五官分明，神色镇定。这人驻足片刻，才走向马车，好像特意给暴民一次机会，让他们称心如意地发够嘘声、喝足倒彩，而他却若无其事地与身边的内政部长卢韦先生交谈。他向着涌动的人潮指指点点，然后缓缓走下台阶。卢韦本来打算随行，可他听到人群的咆哮，立刻说道，想起上议院有点急事，不能耽搁，留下另一人独自前行。士兵举枪致敬。人群中爆发出怒吼声。一名军官稳坐马背上，像一台无情的机器，转身向下属传令。几个连队的步兵沿着下议院右侧的小道纵队前进，在开阔地前一字排开，拦住拥前来的暴民。

　　总统坐进马车，四匹驭马立刻跟在一队开道的长矛轻骑兵后面跑了起来。马车靠近开阔地边缘，人群随即纷涌而来。卫兵迅速迎上去。"退回去!"一名军官喊道。但无人理睬。"你们自己挪，还是我们来挪?"一个粗哑的声音说。可暴民一步也不肯挪。危险迫在眉睫。"骗子！叛徒！强盗！暴君！"他们大喊，不少言辞粗俗至极，难以下笔记录。"还我们权利——都是叫你们给偷走的！"

忽然，有人躲在人群后面，对空扣响了左轮手枪。这一枪如同电击。长矛轻骑兵端起长矛一跃向前。到处都是惊惧而愤怒的喊声。人群在骑兵前四处逃窜；有人跌倒在地上，遭践踏身亡；有的被马匹撞倒踩伤；还有一些被士兵的长矛刺中。景象惨不忍睹。后面有人投掷石块，还有人开了几枪。总统默然不动。他直勾勾地盯着车外的暴乱，眼神坚定，毫无畏惧，好像在看一场自己没有投下赌注的比赛。他的帽子被砸落，面颊被石头砸中，一道血迹流下。有几个瞬间，形势难料。人群也许会将马车掀翻，然后——他会被这群乌合之众撕得粉碎！这种死法绝不痛快，但训练有素的军队还是克服了重重阻碍，总统的气度似乎也震慑了他的敌人。人群后退，却依然嘘声不断，叫喊连天。

此时，率领步兵守卫议会大厦的军官警惕起来。暴徒不断地冲击，让他明白了他们的目标是总统的马车。他决定调虎离山。"我们必须向他们开火。"他对身边的少校说。

"好极了，"少校答道，"这下我们可以把突破纵深的演练付诸实战了。我们一直用软头子弹训练的，宝贵的实战机会来了，长官。"然后他转向士兵，下了几道命令。"宝贵的实战机会啊。"他重复道。

"代价可不小，"上校冷冷道，"半个连就够了，少校。"

士兵拉起枪栓，发出一阵咔嗒声，举起了来复枪。距离军队最近的人们立刻疯狂逃窜，拼命躲避齐发的子弹。一个戴着草帽的人依然冷静。他冲向前去。"看在老天的分上别开枪！"他喊道，"发发善心！我们自己解散。"

停顿片刻，一道刺耳的命令，一声巨响，接着是一阵尖叫。戴草帽的人向后仰去，躺在地上；其他人也先后仆地，扭成各种奇形怪状，一动不动。所幸广场有多个出口，除了士兵，其他人都逃走了，不出几分钟便把广场抛在身后。马车穿过逃命的人群，安然驶入森严戒备的总统府大门。

一切都结束了。暴民的劲头垮了，没多久，开阔的宪法广场几乎了无人迹。地上躺着四十具尸体和一些弹壳。二者均已在人类发展史上演完了自己的戏份，从此不再需要生者挂怀。随后战士们捡起了弹壳，没多久警察也推车过来，彻底打扫了战场。劳拉尼亚城又恢复了往日的宁静。

# 第二章
# 国家元首


　　卫队保驾，马车穿过古老的门径，驶入一片宽敞的庭院，在总统府门前停下。总统起身下车。他充分理解维持军队忠心和支持的重要性，刚下车便走向长矛轻骑兵的指挥官。"你手下没人受伤吧？"他说。

　　"并无大碍，将军。"中尉答道。

　　"你治军有勇有谋，功不可没。但强将要有好兵才行，这些勇士一样功不可没。啊，上校，你来得正是时候。我早就料到那些心怀不满的阶级打算闹事，所以只要露出苗头，我们就得拿出我们维护国家法律和秩序的决心给他们瞧瞧。"这后半句话是朝向一位古铜色皮肤的阴郁男人说的，他刚从一扇侧门匆匆走进院中。这是索伦托上校，警署最高负责人。除了担任这一要职外，他还肩负着共和国军政部长的重任。他的双重身份使得军事力量能够更加方便地维护民事权力，在必须或适合采取强硬措施时，调动起来更灵活便捷。如此安排就非常适合眼下的局势。通常，索伦托是个泰然自若的人。他打过许多仗，经历过不少背水一战的时刻，也负过几次伤，在众人眼中是个骁勇善战又冷酷无情的角色。然而，暴民这一次的熊熊怒火着实令人惊骇，从上校的言行举止不难看出，他并无十足的信心阻止他们。

"长官，你受伤了吗？"见了总统脸上的伤，他问道。

"没什么，石头而已。但他们来势凶猛。有人在煽动他们，我本以为能赶在消息传开前走掉的。对他们演讲的那人是谁？"

"莫雷特，市议员，从旅馆阳台喊话的。这人极其危险！他跟民众说，他们遭到了背叛。"

"背叛？好大的胆子！这种话，宪法第二十条肯定提到了：'通过误传信息或其他形式，煽动暴力行为对抗国家元首'。"总统对这些公法烂熟于心，此类条文正是政府行政部门的执法强心剂。"逮捕他，索伦托。我们不能让他逃过惩罚，这是对堂堂政府的侮辱……等等，还是先别动吧，既然事情都过去了，眼下还是宽大为怀显得更明智。我可不想在这时候来一场国家公诉。"然后，他大声补充道，"上校，这位年轻的军官坚定地履行了他的职责，是位出色的战士。请一定记录在案。提拔应该看能力，而不是看年龄，褒奖的是功绩，而不是服役时间。年轻人，我们不会忘记你的功劳。"

他拾级而上，走进总统府大厅。他那一席话让年仅二十二岁的中尉喜出望外，满脸通红，心中燃起希望，开始憧憬光明的前途。

大厅十分宽敞，布局匀称。这是最纯粹的劳拉尼亚装饰风格，屋内到处陈列着武器。古老大理石立柱的规模和色彩彰显着往昔的繁华。走廊镶嵌着棋盘花纹，图案赏心悦目。墙上精致的马赛克拼图描绘着劳拉尼亚的重大历史场景：兴建都城；一三七〇年的太平盛世；接见莫卧儿大帝[1]的使节；布罗塔大捷；萨尔丹霍之死——这位爱国者活得像苦行僧一般，宁死不愿违背宪法。接下来是更近的年代，墙面展现了修建议会大厦的场景；切龙达角

---

1　此处指莫卧儿大帝阿克巴（Akbar the Great Mogul, 1542—1605）。

海战大捷；最后是一八八三年内战结束。大厅两侧深深的壁龛中，各有一座青铜喷泉，棕榈和蕨类植物环抱四周，叮咚作响，散发着神清气爽的凉意，悦目悦耳。一道宽阔的楼梯正对着入口，通往门前掩着深红色帷幕的国事厅。

一位女士站在楼梯顶端。她手搭在大理石栏杆上，一袭白裙与身后艳丽的帷幕交相辉映。她形容美妙，脸上却写满焦虑惊恐。像许多女人那样，她一连问了三个问题："怎么了，安东尼奥？人民起义了吗？为什么开火了？"她怯生生地停在楼梯口，好像不敢下来。

"一切都好，"总统故意正色道，"亲爱的，心怀不满的人发动暴乱，但我们的上校未雨绸缪，秩序已经恢复了。"然后他转向索伦托，继续道："骚乱可能还会卷土重来，战士们应该留在营房待命。你可以考虑多发他们一天佣金，让他们买点儿酒，敬共和国一杯。近卫军加倍，今晚最好再安排些人上街巡逻。要是有什么动静，来这里找我。晚安，上校。"他向上走了几步。军政部长严肃地鞠躬，转身离开。

那位女士走下楼，两人在楼梯中间相遇。总统握住她的双手，带着深情微微一笑；她站在更高一阶上，俯下身来吻他。这是一种亲切而庄重的问候。

"啊，"他说，"我们今天还算顺利，亲爱的，但到底能撑多久，我也说不准。革命者似乎一天天强大起来了。刚才广场上真危险，但现在暂时结束了。"

"我紧张了一个小时。"她说，随后突然瞥见了总统前额的瘀青，吃了一惊，"你受伤了。"

"没什么，"总统说，"他们扔石头，我们呢，用的是子弹——子弹讲道理更明白。"

"上议院怎么了？"

"我料到会有麻烦，你知道的。我演讲的时候告诉他们，我们决定恢复共和国古老的宪政，但是鉴于时局不稳，有必要先把心存不满的人和造反派从登记册上清掉。市长从盒子里拿出名册，他们一哄而上，抢着看所有选区一共有多少选民。看到削减的人数以后，他们气坏了。特别是戈多伊，气得说不出话来——那人就是个傻子。卢韦告诉他们，必须分期兑现，等局势慢慢稳定，再进一步扩大选举权。但他们还是气得大吼大叫。实际上，要不是几位传达员和近卫军，我觉得他们肯定当场就要攻击我了，然后再去下议院闹事。莫雷特朝我挥拳头——那个荒唐的小混蛋——居然还冲出去向暴民发表演讲。"

"萨伏罗拉呢？"

"哦，萨伏罗拉——他很冷静，一见登记情况就大笑起来。'这只是几个月的事情，'他说，'你觉得这样划算，我倒是很惊讶。'我告诉他，我不懂他的意思。但其实我明白得很，他讲的才是实话。"接着，总统牵住妻子的手，心事重重地缓缓走上楼梯。

但在国内动荡时期，公众人物无暇休息。墨拉达刚从楼梯顶端走进会客厅，最远处的那扇门便打开了，一个男人从里面迎上来。这人瘦小阴沉，相貌丑陋，沧桑岁月和室内工作让他满脸皱纹。他的头发和短髭都是乌紫色的，几乎不像大自然的造物，那张脸也因此衬得更苍白。他手里拿着一摞文件，按不同部门分类，夹在纤细的指间。他就是总统的私人秘书。

"什么事，米格尔？"总统问道，"你有文件要给我？"

"没错，先生，几分钟足矣。你这一天惊心动魄，我为它圆满结束而感到高兴。"

"这一天也不乏乐趣。"墨拉达疲惫地说，"你要给我看什么？"

"几封外交函件。英国发来了照会，关于非洲殖民地南部势力范围的问题，外交部长已经起草了一份答复。"

"啊！那些英国人，贪婪无比，专横自大！但我们必须坚定立场。我要保卫共和国领土不受任何敌人侵占，无论是内匪还是外患。我们不能派军队过去，但是感谢老天，我们可以写照会。答复够不够强硬？"

"阁下不必担忧。我们坚定地表明了自己的立场。我们会赢得精神上的胜利。"

"我希望获利的可不只是精神层面，最好也有物质层面。那个国家很有钱，有的是金子，所以才敢那样发照会。我们当然要坚决表明态度。还有别的吗？"

"还有些跟军队相关的文件，关于任命和提拔的问题，先生，"米格尔说着，专门挑出了夹在拇指和食指间的那捆文件，"还有这些是需要确认的判决，摩根预算草案需要参考意见，此外还有一两个小问题。"

"嗯，不少事儿！这样吧，我过来处理一下——亲爱的，你知道我的时间有多紧张，我们晚餐见——所有部长都接受晚宴邀请了吧？"

"除了卢韦都接受了，安东尼奥。他有事脱不了身。"

"有事，呵！他是怕晚上过街吧。当个懦夫真要命！这下他要错过一顿大餐了——那八点见了，露西尔。"他不再说话，疾步走进总统办公室的小门，秘书随后而入。

安东尼奥·墨拉达夫人又在宽敞的会客厅逗留了片刻。随后她走向落地窗，迈上阳台。眼前风景绝佳。总统府建在高处，都城与海港尽收眼底。太阳低悬于地平线上，但房屋墙体依然白得耀眼。城里有不少庭园和广场，优雅的草地和棕榈树赏心悦目，绿意点缀着屋顶红蓝相间的瓦片。北边高耸的参议厅和议会大厦宏伟壮观。西面是停泊船只的海港，设有要塞防守。几艘战列舰浮在泊位，还有片片白帆散落在地中海的海面，蓝色的水波上渐渐漾起夕阳的绚烂光泽。

她站在秋日傍晚的清辉中，美若天人。此时的她，不仅拥有少女般迷人的美貌，还深藏着成熟女性的智慧。姣好的面容是她心智的一面镜子，灵动的表情映出万千思绪，而这正是女性最迷人的魅力。她身材高挑，散发着与生俱来的优雅，近乎古典的裙装更是锦上添花，让她的美与周围的一切相得益彰。

露西尔的脸上似乎流露出壮志未酬的神情。她嫁给安东尼奥·墨拉达差不多有五年了，当初正值墨拉达势力的顶峰。她的家人是墨拉达革命事业的坚定支持者，父兄皆在索拉托战役中战死。遭遇这般灾难，她母亲不堪忧伤，将女儿托付给最有权势的朋友后便与世长辞——这位将军朋友拯救了整个国家，即将掌权。墨拉达最初接受这项任务是出于一种责任感，希望对自己的忠实支持者尽一份义务。但很快，他的想法就变了。不出一个月，他已爱上了这位命运赠予他的美人儿。露西尔仰慕他的勇气、冲劲和智谋——他之所以位高权重，倚仗的也正是这些品质。不仅如此，他还一表人才。而他赋予露西尔的财富和地位，堪比为她奉上王座。两人成婚时，露西尔二十三岁。几年以来，她的生活始终忙忙碌碌。整个冬季，招待会、舞会和聚会排得满满当当，各类社交活动的筹备工作无止无休。外国王子对她满心崇敬，不仅因为她是全欧洲最有魅力的女子，还因为她是举足轻重的政治角色。她的会客厅里挤满各国精英，各路政客、军官、诗人和科学家都曾来谒见。她也参与国事。圆滑殷勤的大使们会漫不经心地抛出微妙暗示，她就透露些非正式的消息。拜她所助，劳拉尼亚的外交官们更方便地参透了与国外种种协议及条款的玄机。慈善家在她这里据理力争，大声疾呼，各抒己见。人人都愿与她谈论公务。就连她的侍女，都求她为自己哥哥的晋升帮忙——她哥哥在邮局当差……人人都仰慕露西尔，以至于"仰慕"这种最让女人心醉的美酒在她尝来也已索然无味。

可就连最初那几年似乎都缺了点什么。到底是什么，露西尔从来都猜不到。丈夫对她情深意切，不忙于公务时都陪在她身旁。然而，近期的形势不容乐观。焦虑不安的国人，日渐强大的民主势力，加之本已繁重的国事，把总统的时间和精力都榨干了。工作与焦虑，在他脸上划出一道道深深的皱纹。有时露西尔也会瞥见一丝倦意——好像埋头苦干却预见将会前功尽弃。两人见面渐渐少了，短暂的相聚也主要用来谈论公务和政治。

都城似乎弥漫着躁动的气息。季度伊始，开篇不顺。尽管平原地带已变得翠绿而凉爽，然而许多大户人家依然没有回城，留在山坡上的消夏庄园里。其他的则躲进城中的宅邸，几乎足不出户，只出席总统府最正式的招待活动。形势日益紧迫，她能帮到总统的地方似乎也越来越少。革命热情已经点燃，人们对美貌视而不见，对魅力麻木不仁。她的地位依旧如同皇后，臣民却已愠怒怠慢。而今总统处境艰难，她能如何协助呢？和所有女人一样，放弃权力在她看来是个可怕的念头。繁华将尽，敌人正在夜以继日地颠覆她所依恋的一切，难道她只能继续筹备各种宴会吗?

"我什么都不能做吗? 什么都不能吗?"她嘟哝道,"我尽力了吗? 好日子到头了?"随后, 一阵耍小性子的决心如热浪般滚滚而来,"我要做点什么……但做什么呢?"

这个问题暂时没有答案。落日滑过地平线沉下去。军事防波堤尽头是不成形的土坡, 从那边的海港防御炮台上忽然喷出一阵烟。那是降旗炮, 炮声微弱地向她飘来, 打断了让她满心不悦的思考, 但它们已在她脑海中留下了痕迹。她叹了口气, 转身回到总统府。日光渐渐褪尽, 夜幕降临。

# 第三章
# 群众领袖

　　恐慌和怨愤充斥着整座城市。政府向聚会者开枪的消息一传十,十传百,而在这种时候,传闻也会添油加醋。但警方加强了戒备,严格执行各种防范措施。民众不得集会,街上巡逻不断,以防有人偷筑街垒。共和国近卫军令人望而生畏。无论公民心里有何感受,他们都发现,此刻扮出一副俯首帖耳、心满意足的模样才是明智之举。

　　民众党领导人决不会就此罢休。他们迅速聚集到市长官邸,展开了激烈讨论。紧急会议在市政厅大厅召开,党内重要人物全部出席。市议员莫雷特曾在遭封禁的期刊《号角》担任主编,他一进屋便引起满堂欢呼。他的演讲极具号召力,而劳拉尼亚人民总会为勇猛的行动呐喊助威。此外,每个人都因为近来的暴乱而焦躁,行动愿望十分迫切。工党代表尤为愤怒。工人兄弟们本着宪法精神,集会表达不满,却遭到毫无立场的士兵射杀——多数人用了"屠杀"这个词。此仇必报，但怎么报呢？激进的提议一个接着一个。莫雷特总会提出大胆方案，他建议冲上街头，号召鼓动人民拿起武器，叫他们火烧总统府，处决暴君，让自由重归这片土地。年迈谨慎的戈多伊强烈反对，不过，热衷这一方案的人本来也不多。他建议采用冷静、不卑不亢的态度表达谴责，发扬礼让精神，维护他们事业的正义性。部分人接受了这项提议。高级律师雷诺斯主张采用他所谓的宪法途径来解决：他们应组成公共安全委员会，任命称职的政府官员（检察总长自然必不可少），判定总统的军事部署违反了《国民权利宣言》前言中规定的基本原则。他继续详细阐述其中涉及的法律条文，直到被几位迫切表达己见的党员打断。

几项决议通过。全体一致同意，将以辜负公民信任为由，要求总统辞职，接受法庭判决。全体一致认为，军队应受共和国惩罚。全体决定，将根据民法对那些向人民开枪的士兵提起公诉，公开对受伤者及受难者家属表示同情，并尊称死者为"烈士"。

一名气度不凡的男子走了进来，拖泥带水的讨论就此结束。正是这个人，让党派从无到有，又带领他们取得一次次成功，直到近在眼前的胜利化为泡影。会众陷入沉默，一些人起身致敬，大家都想听听他会怎么说。他能否经得住这沉重的打击？是否会因此对这场运动感到绝望？他是否会愤怒、伤心或陷入怀疑？最重要的是，他有何提议？

他走到人们围坐的长桌最里端，从容就座。接着他环顾大厅，面色冷静镇定，一如往常。在这一片困惑和犹豫的人群中，他显得威武庄严。只要有他在场，追随者就信心倍增。他高阔的前额好像储存着每一个问题的答案，他不容分说的镇定似乎能对抗命运的各种打击。

片刻停顿后，仿佛收到了沉默的邀请，他站起了身。他措辞谨慎而克制。他说，发现登记册被删改，他很失望。最终的胜利会推迟到来，但只是推迟而已。他是等了一会儿才来市政厅的，之前做了一些计算。虽然估测得仓促，但他认为应该是准确的。总统的确会在未来的议会中赢得大多数席位，而且是相当大的多数。但他们也可以赢得一些席位，尽管目前选民的人数有限。他想，在三百人的下议院中，应该能获得五十席。历史上，席位更有限的少数派也曾推翻过更强大的政府。他们的力量正与日俱增，人民对独裁者的憎恶也与日俱增。况且，除了合法手段外，他们还有其他选择——听到这话，有些人面色为之一变，意味深长地对视——可眼下尚需等待。他们等得起，胜利的果实也值得等待。那是这世上最宝贵的财富——自由。他在人群中坐下，众人的脸色明朗了许多，头脑也冷静下来了。讨论继续。会议决定，从党内普通基金拨款，救济那些亲人遭遇屠杀的家庭，避免他们陷入贫困。这既可争取工人阶级的支持，也可博取外邦的同情。他们将派出代表团，转告总统：公民们对历史悠久的选民登记制度遭到破坏深感痛心，恳请彻底恢复选举权。他们还会要求惩罚向人民开枪的士兵，并向总统转达市民的震惊与愤慨。萨伏罗拉、戈多伊和雷诺斯被任命为代表团成员，随后，改革委员会的成员们静静散去。

莫雷特等到了最后，向萨伏罗拉走去。他惊讶于自己没有被任命为代表。他比雷诺斯更了解自己的领导，雷诺斯就是个没什么朋友的迂腐律师。况且他从一开始就是萨伏罗拉的狂热追随者。就这样被忽略了，他感到很受伤。

"今天对我们来说不好过啊。"他试探性地说，萨伏罗拉没有回话，于是他继续说道，"谁能料到他们竟敢糊弄我们？"

"今天对你来说不好过啊。"萨伏罗拉沉思道。

"对我来说？这话什么意思？"

"你有没有意识到，是你导致四十个人白送了性命？你的演讲毫无帮助——说那些有什么用？你要为他们的死负责。人民也遭到了恐吓。造成了那么大的伤害。这是你的过错。"

"我的错？我当时太愤怒了——他耍了我们，我只想反击。我做梦都没想到你居然会缩头坐在这里。现在就该杀了那个恶魔，立刻动手——不然悲剧会更多。"

"想想吧，莫雷特。我和你一样年轻。我也痛心疾首，我也满腔热情。我也恨墨拉达。这种憎恨不受理性控制，毫无逻辑可言，但我知道放纵情绪无济于事，所以我能控制住自己。记住我的话。你要么也学会自控，要么走自己的路去，因为我决不容许你那样——我是说政治上——作为朋友，那当然是另一码事。"

他坐下继续写信，而莫雷特因愤怒和自责窘迫不已，面色惨白。听到这番斥责，他浑身发抖，匆匆走出房间。

萨伏罗拉没走。那晚公务繁忙，他需要阅信写信，确定《民主报》头版文章的措辞，还有其他许多事情等他决定。要让这个庞大的党派顺利运转、让重大的密谋得以精心筹备，他必须时刻警醒，小心打理。等他忙完，都九点了。

"啊，晚安，戈多伊，"他对市长说，"明天又有我们忙的了。我们必须想方设法让独裁者害怕。等他确定什么时候愿意接见就通知我。"

他在市政厅门口叫了一辆出租马车，这是人们惯用的交通工具。无论是黯淡萧条的社交季，还是令人兴奋的政治事件，都无法影响习以为常的生活。马车驶过一小段路后，他在一栋宅子前停下。他是个有钱人，住在城里上流社会聚居区里，房子虽小，却不失典雅。他敲了敲门，一位老妇应声打开。见到萨伏罗拉，她面露喜色。

"回来啦，"她说，"你不在家这会儿，我一直在担心，又是开枪又是大喊大叫的。可现在下午越来越冷了，你应该披上外套出门的。我真怕你明天会感冒。"

"没事的，贝汀，"他和气地回答道，"我的肺挺好的，谢谢你关心，但我累坏了。往我屋里送点儿汤吧，晚饭我就不吃了。"

他上楼去了，老妇人也匆匆离开，去为他准备自己最拿手的晚餐。他住在公寓二层，那儿有一间卧室，一间卫生间，还有一间书房。房间都不大，但陈设尽显品位与华贵，洋溢着热情与勤勉。一张宽大的写字桌稳居上座。如此摆放，光线恰能落在头和手上。青铜墨水台摆在正中，一大本做工简单的吸墨纸摊在墨水台前。文件盒占据了桌上其余的空间。尽管有个大废纸篓，地板上还是一地纸片。这是一位公众人物的写字台。

屋子用带灯罩的轻便小电灯照明。墙壁嵌满书架，都是久经翻阅的书卷。只有经过评阅的好书，才有机会进入这座文学圣殿。这座图书馆的藏书种类丰富：叔本华的哲学著作夹在康德与黑格尔的作品之间，而黑格尔旁边挤着圣西蒙的回忆录以及最新的法语小说；《追寻幸福》[1]和《欲的追逐》[2]并排放置；紧靠吉本八卷厚厚史学巨著的是精装版《十日谈》，这种排列也许不无道理；《物种起源》摆在哥特体《圣经》旁边；《理想国》在《名利场》和《欧洲道德史》[3]之间维持平衡。一卷麦考莱[4]论文集摆在写字台上，书是摊开的，妙语连篇处，一位天才用铅笔圈圈点点，让另一位天才的智慧化为不朽："尽管历史指出了他的种种过错，以此告诫世人莫以激烈、高远、无畏为信条，但是她依然郑重地宣称，在一同安息的先贤中，他无瑕的声誉无人能及，他耀眼的名字无人可比。"

---

1　英国作家塞缪尔·约翰逊（1709—1784）的哲理小说，描述幸福谷的拉赛拉斯王子从至乐国土出逃、探寻各色人等对幸福的认识，充满睿智的哲思。
2　法国作家埃米尔·左拉（1840—1902）的作品，为《卢贡-马卡尔家族》系列中的第二部，描述法兰西第二帝国时期巴黎的荒淫生活。
3　爱尔兰历史学家、政治理论家威廉·列基（William Lecky, 1838—1903）的作品，叙述了从罗马帝国奥古斯都在位起到九世纪初法兰克皇帝查理曼在位为止欧洲伦理道德观念的演变历程。
4　托马斯·麦考莱（Thomas Babington Macaulay，1800—1859），英国政治家、史学家，著有《麦考莱英国史》等。

只剩半盒的烟，落在矮皮革扶手椅旁的小茶几上，旁边放着一把沉甸甸的军用左轮手枪，枪管上的烟灰清理得干干净净。角落里立着一尊小巧而精致的卡匹托尔山维纳斯雕像，圣洁的冷色好像在谴责她那魅惑的身姿。这是一位哲人的房间，却没有老学究式的刻板与隐逸。这是一个男人的房间，一个有血有肉的男人，他享受尘世的快乐，懂得它们的价值，也乐在其中，却不耽溺其间。

　　桌上有一些文件和电报还没来得及翻开，但萨伏罗拉累了。这些可以等到早上再看，或者说，无论如何都要等到早上了。他瘫坐进椅子里。没错，漫长的一天，阴沉的一天。他还年轻，才三十二岁，却已饱受劳碌和焦虑的侵扰。他容易激动，近来发生了诸多事件，场景都历历在目，让他心潮激荡起伏，压抑情绪只会让内心的火焰燃得更旺。这到底值得吗？挣扎，努力，接连不断的公事，牺牲本该轻松愉快的生活——为了什么？造福一个民族！这是他努力的目标，而不是缘起，他对此十分清楚。雄心壮志是推动力，他无力抵抗。当一名艺术家，致力于美的追寻，或者当名运动员，体验最纯粹、简单利落的快乐，这些乐趣都是他能够欣赏的。找一处美丽的庭院栖居，置身于梦幻般的安宁和哲思式的沉静中，远离尘嚣，投身于艺术和思考的乐趣里，他觉得，这样的生活于他更相宜。然而他明白，这种生活他无福消受。"激烈、高远、无畏"，这才是他的精神状态。他如今的生活是他唯一的活法，他必须坚持到底。对他这样的人来说，终局总是来得太快，他们激动不安，只能在行动中寻觅休憩，在危险中收获满足，在混乱中追逐安宁。

　　老妇人端着托盘进来，打断了他的思绪。他很累，但还是要保持体面。他起身，走进里面的房间更衣沐浴。回来时，餐桌已经摆好，管家把他点的浓汤发挥成了一顿精致的餐点。她服侍他用餐，关切地嘘寒问暖，紧张却欣慰地观察他的食欲。萨伏罗拉从小由她抚养，她一直对他关爱有加。这种女人的爱很难解释。也许这是世上唯一无关利益的深情。母亲爱孩子，那是母性；青年爱恋人，不难理解；狗爱主人，主人喂他；一个人爱朋友，朋友或许会在世事难料时给予支持。这些都情有可原，但保姆对孩子的爱似乎不合常理。这是综合各种理论都无法解释的罕见案例之一，证明了人类的本性超越实用主义，是高级动物。

简单的晚餐用罢，老妇人端上盘子离开，他又陷入了冥想。几件棘手的事情悬而未决，如何处理仍令他心存疑虑。他把这些事逐出脑海，为什么要始终沉浸于备受压抑的现实呢？沉浸于夜色又何妨？他起身走到窗口，拉开窗帘向外望去。街道静静的，但远处似有巡逻警察的沉重脚步声。所有房屋黑暗阴沉，头顶星空闪耀。今夜观星正合适。

他关上窗，取了一支蜡烛，穿过屋子一侧的门帘。一段狭窄的螺旋楼梯从门后通向屋顶平台。劳拉尼亚城的大部分房屋都不高，萨伏罗拉登上屋顶，俯瞰沉睡的城市。一排排煤气灯标出街道和广场的方位，远处更亮的光点是海港里闪耀的船只。但他并未耽于这种景致，也暂时无心观看人类及其造物。一间小小的玻璃天文台位于露台一角，望远镜的镜筒从天窗伸出来。他打开锁，走进去。他的这一面，世人永远见不到。他没有数学家那种探索发现或一举成名的欲望。他爱看星空，纯粹为它的神秘而着迷。稍作调整后，望远镜指向美丽的木星。此刻，这颗星高悬于北方天空。望远镜看得很清楚，这颗众星拱卫的大行星光辉璀璨。望远镜设有发条装置，让他能够随着地球的转动持续观察木星。他盯着看了许久，看得越久，这个好奇、爱刨根问底的人越是沉醉于观星的魔力。

他终于起身，思绪仍远在天边。墨拉达，莫雷特，党派，白日里激烈的场面，似乎都模糊不清，若虚若幻。另一个世界，另一个更美的世界，一个充满无尽可能的世界，捕获了他的想象。他想象着木星的未来，想象这个星球表面冷却下来、诞生生命需要多少不可思议的时间，想象生命进化那冷酷无情的缓慢过程。在这个混沌初开的世界里，尚未孕育出来的生命能走多远？也许它们只能在最基本的生命形态上略微变形，也可能会变成他做梦都想不到的高级物种。所有问题都可以解决，一切障碍都能够克服，生命总能够实现完美的发展。接着，幻想与时空交织，故事在更遥远的未来绵延。冷却过程继续。完美的生命发展历程以死亡而告终。整个太阳系，整个宇宙，终有一天会冷却下来、了无生机，好像焰火燃尽。

这是个令人悲怆的结论。他锁起天文台下楼，希望梦境与思考相反。

# 第四章
## 接见代表

　　总统习惯早起，也习惯在起床前雷打不动地先看报，阅读其中妄议大政方针或批评政府行为的言论。这天早上，送到床前的报纸多得出奇。限制选举权以及随之而来的骚乱，铺满了各大报刊的头版头条。他先打开论调中庸的《新闻时刻》。这家报纸因为不时能得到政府直接提供的热点新闻材料，所以总会有所保留地支持政府。《新闻时刻》用了一栏半的篇幅，温和地对总统没有彻底恢复选举权表示遗憾：如此便可满足多数读者。而在下一栏中，他们则坚决反对（实际措辞是"强烈谴责"）那场造成"悲惨后果"的可耻骚乱，以此回报总统前一晚送来的英国照会全文。那篇照会被《新闻时刻》"一字不差"地刊印，号称来自"本报驻伦敦特别通讯员"，派头十足。

　　体面的上流社会晨报《朝臣》表示，季度伊始便发生暴乱，有失体统，并称希望七日即将举办的国宴舞会不受影响。该报精彩地描述了总统的第一次部长级晚宴，并附上菜单，还称他们注意到内政部长卢韦先生因病缺席，对此深表关切。发行量巨大的《喷油井日报》有所保留，未发表任何评论，而是直接刊登了一篇生动描写屠杀的报道，在骇人听闻的细节中渗透了矫情病态的想象。

这些机构支持政府，所以总统一般先读它们，像是一针强心剂，然后再读激进党派、平民党派和民主党派的报刊，这些刊物总是用充斥着漫骂的专栏向他、政府和各种政策致以问候。经常使用过激的语言，恶果就是大事来临时却词穷墨尽。《费边》[1]《日斑》《涨潮》早已在其他小事上耗尽修饰语，此时搜肠刮肚也找不到更夸张的描述。这一次，政府射杀公民，古老的公民权遭到严重践踏，它们却只能找到相对温和的语词来宣泄感情。它们过去常常绘声绘色地将国家元首比作尼禄和犹大，当时看似非常贴切，可是遇到现在这种情况，反而不知道该如何讨论总统了。即便如此，这些报纸居

---

1　此处指劳拉尼亚共和国改良派的报刊。

然还找到了几种新鲜的表达。它们拿部长级晚宴大做文章，以此说明总统"对基本人性的残忍漠视"。《日斑》称，部长们"纵情狂欢，饕餮无度，将沾满鲜血的手指伸进精美的餐盘，而此时，遇害人尸骨未寒，大仇未报"。连读者们都能猜到，编辑部一定在为这段表达而沾沾自喜。

阅览完毕，总统将最后一份报纸扔下床，皱起眉头。他对批评不屑一顾，但他深知报刊的力量，也明白报刊既能反映舆论，又会影响舆论。毫无疑问，目前的舆论导向对他不利。

早餐时，墨拉达郁郁寡欢，沉默少言。露西尔小心翼翼地省去了日常琐碎的谈话，不想令他心烦。总统一般从早上九时前开始工作，但这个早晨比平日更早。墨拉达走进办公室时，秘书已经在奋笔疾书了。他站起来鞠躬，庄重地鞠躬，与其说是在致敬，不如说是在宣称自己平等的地位。总统点点头走到桌边，需要他亲自审阅的函件已经整齐地摆在桌上了。他坐下阅读，有时会冒出一句同意或反对的感叹，不时地拿起铅笔写下决定和意见。米格尔收起他批阅完毕的材料，交给隔壁办公室里级别较低的秘书——他们的任务就是用正式的官方语言来转述"毫不客气地拒绝""当然不行""转军政部""盛赞回复""我不同意""见去年报告"等短语。

露西尔也有信函需要阅读回复。完成这些后，她决定去公园里兜兜风。她在过去几周内，准确地说是从他们离开避暑庄园返回都城之后，就已经不像前些年那样忙忙碌碌了。但是，前一天发生了冲突和暴乱。她忽然意识到，表现出勇气是她的职责所在。即便她对时局并无信心，可这也许能够帮助她的丈夫。毕竟，她美貌惊人，这个热爱艺术的民族对她始终充满敬意。至少，这不会有什么坏处，况且总统府和它的花园在她眼中已不再新鲜。她如此盘算着，备好马车正要钻进去，一位年轻人刚好来到门口。他看见露西尔，神情凝重地向她致意。

不将政治带入个人生活，不将个人生活带入政治，这是劳拉尼亚公民们引以为豪的原则。至于他们能否说到做到，这得看后面的事情如何发展。当前的局势无疑把这条原则的弓弦绷到了最紧处，即便如此，政敌之间还是要礼数周到。内战前，这位伟大的民主人士就常常拜访露西尔的父亲，两人那时便已相识，至今也一直保持着官方联系。露西尔露出微笑，欠身回礼，问他是否前来谒见总统。

"是的，"他答道，"我已有预约。"

"我猜是公务？"她询问道，微笑中有一丝怀疑。

"是的。"他有些唐突地重复道。

"你们这些人，公务缠身，阴沉着脸，真没意思，"她大胆地说，"我从早到晚除了国事什么都听不到，现在想逃出总统府一个小时，居然还有人在门口拦我。"

萨伏罗拉笑了。她的魅力难以抵挡。尽管他已经满心戒备，做好了谒见总统的准备，但也始终仰慕露西尔的美貌和才智。这种情绪此刻更难掩饰。他也是个年轻人，仰慕的可不只是天上的星星。"阁下，"他说道，"绝无此意，请判我无罪。"

"我会呢，"她笑答，"还判你无罪释放。"

她鞠了一躬，然后向马车夫示意，乘车离开。

萨伏罗拉走进总统府，一位身着蓝色与米色共和国制服的侍从迎上来，带他进入前厅。接待他的是一位年轻的近卫军军官，正是前一天率领护卫队的那位中尉。总统再过几分钟就应该忙好了。其他几位代表尚未抵达。此刻他需要坐下等候吗？中尉将信将疑地打量他，好像在观察一种奇怪的生物——它看起来无害，被激怒时却会爆发出惊人的力量，成为传奇。中尉接受过最正统的军队思想教育：那帮人（他指的是那群暴民）都是"猪猡"；他们的领导人也必然是一路货色，毫无疑问；民主机构、议会等等都是"一派胡言"。因此，他和萨伏罗拉看似不会有共同话题。可这位年轻战士不仅相貌英俊、举止文雅，其他方面也有不浅的造诣：在下属眼中，他"诚实可靠""头脑清醒"，而近卫骑兵的马球队则将他视为最佳新星。

萨伏罗拉以洞悉一切为己任，他近来听说骑兵队提议派马球队参加一年一度在英格兰马球总会举行的马球锦标赛，便开口询问此事。蒂罗中尉（蒂罗是他的名字）愉快地接过了话题。他们开始争论，谁可以胜任后卫。直到市长和雷诺斯进来，他们才结束讨论。中尉去向总统报告，代表团已在恭候。

"我立刻就见他们，"墨拉达说，"把他们带过来吧。"

代表们被领到楼上的总统办公室。总统彬彬有礼地起身接待。戈多伊陈述了公民的悲愤之情。他回忆起过去五年来民众针对政府违宪的抗议，还有总统承诺召集不同政治阶层时他们感到的欣慰。他表达了公民对选举权受限的失望，迫切希望完全恢复。他强调士兵残酷射杀手无寸铁的平民激起了他们强烈的愤慨。最后他宣布，作为市长，他无法确保人民是否会继续效忠于总统或尊重墨拉达个人。雷诺斯的报告同样激烈，特别阐述了总统近期行为涉及的法律问题及其开创的恶劣先例。

墨拉达给出了详尽的答复。他指出，目前国内形势动荡，尤其是首都。他提到了前些年战争带来的混乱，给人民造成的巨大痛苦。这个国家需要一个强大稳定的政府。等局势日益稳定，即可扩大选举权范围，直至完全恢复。在此期间，有什么好抱怨呢？——社会法治井然有序，公共服务运转良好，人民群众安居乐业。更重要的是，政府的外交政策果断有力，维护了国家的尊严。下面就试举一例。

他转过身，请米格尔宣读劳拉尼亚针对英国就非洲争议问题照会的回复。秘书起立朗诵这份文件，他低柔的喉音很好地传达了其中羞辱对方的意味。

"先生们，"总统听罢说，"你们刚才听到的公文，将要寄给世界上陆海军力量最为强大的国家之一。"

戈多伊和雷诺斯沉默不语。他们的爱国情怀油然而生，自豪感得到了充分满足，但萨伏罗拉挑衅地微笑起来。"光有照会可不够，"他说，"这不足以让英国人滚出非洲，也不足以让劳拉尼亚人民对你俯首听命。"

"如果有必要采取更强硬的措施，"总统说，"那我们保证会采取行动的。"

"昨天那件事情之后，我们不再需要这种保证了。"

总统对嘲笑置之不理。"我了解英国政府，"他继续道，"他们不会诉诸武力的。"

"而我，"萨伏罗拉说，"了解劳拉尼亚人民。

他们会不会，我可不能保证。"

沉默许久。两人脸对着脸，眼对着眼。这是剑客交锋的目光，是仇人狭路相逢的眼神，仿佛在目测距离，掂量着胜算。萨伏罗拉先转回身，唇间残留着一丝笑意。他已经看穿了总统的心思，好像窥见了地狱的景象。

"这是个人观点问题，先生。"墨拉达终于开口了。

"这很快就会成为历史问题。"

"其间还要发生许多故事，"总统说道，然后郑重地继续，"市长先生，各位先生们，我十分感谢你们汇报部分阶层群众中存在的混乱危险因素。请相信，我们会采取一切措施，防止暴乱发生。如有新动向，请随时告知。早安。"

除了总统府的大门，代表团的面前没有其他任何出路。萨伏罗拉感谢总统接见，并向他保证，定会将公民的敌意及时转达。随后，代表团离开了。下楼时，他们偶遇了提前回府的露西尔。一见他们的神情，她就明白刚才一定发生了激烈的争论。她走过戈多伊和雷诺斯身边，他俩甚至没注意到她；面向着萨伏罗拉，她欢快地微笑着，好像在说，自已对政治毫无兴趣，实在不理解人们为何会为它激动。这个微笑骗不过他，他对露西尔的品位和禀赋了如指掌，然而他更倾慕的是她的演技。

他步行回家。总体来说，这次会面不尽如人意。他从未指望说服总统，因为这本就不太可能；但他们已经转达了人民的观点，戈多伊和雷诺斯也已经把他们今天的陈词转给了各大报刊，这样党内人士就不会抱怨他们的领导人面对危机毫不作为了。他自认为唬住了墨拉达——如果这种人也能被唬住的话，不过墨拉达一定被他激怒了。这让他感到欣慰。为什么呢？迄今为止，他始终尽可能压抑那些不合逻辑的无名情绪，但不知怎么了，他感到自己今天对总统的厌恶带上了些许更黑暗的色彩。随后，他的思绪转到露西尔身上。她是个多美的女人啊！她对人类情感的直觉似乎是与生俱来的，而真正的智慧正源于此！有妻如此，墨拉达何其幸运。他确凿无疑地恨着墨拉达这个人，但这当然是因为墨拉达违宪的行为。

等他回到屋里，莫雷特正在等他，神情激动，怒形于色。他给领导写了几封长信，打算表明态度，要求同他本人及其政党脱离一切关系。可他把信全撕了，决定三言两语当面说清。

萨伏罗拉读懂了这表情。"啊，路易斯，"他喊道，"来得正好。你能来真是太好了！我刚从总统那边回来。他冥顽不化，寸步不让。我要听听你的建议。我们该怎么办？"

"怎么了？"这年轻人带着闷气，好奇地问。

萨伏罗拉简洁地复述了会谈概况。莫雷特听得认真，却闷闷不乐，他说："只有用武力讲道理他才懂。我提议发动人民起义。"

"也许你说得没错，"萨伏罗拉若有所思地说，"我基本赞成你的提议。"

莫雷特热血沸腾地阐述了自己的建议，他的领导似乎对他提议的暴力手段表现出了前所未有的兴趣。这个问题一讨论就是半小时。然而萨伏罗拉看起来依然没有被说服。他看看表。"两点多了，"他说，"我们就在这儿吃饭吧，接着继续讨论。"

他们确实这么做了。午餐美味可口，主人的论点越来越有力。最后，莫雷特就着咖啡承认，也许是该等等。两人在热情友好的气氛中道别。

# 第五章
## 私下交谈

"那件事，"大门刚在代表团的身后关上，总统就对心腹秘书说，"就这么收场了。但今后我们想必还有更多的事情要解决。几乎可以肯定，萨伏罗拉会入选中央小组，到时候我们就得在参议院愉快地听他发表高见了。"

"除非，"米格尔补充道，"出点什么事儿。"

总统非常了解自己的手下，他听出了言外之意。"不行，那对我们没好处，我们不能下手。五十年前兴许还有可能。今天的人可容不得这种事情了，就连军队都会有所顾虑。按照宪法规定，只要他依法行事，我们就动不了他。"

"他的力量很强大，很强大。有时，我在想，他是劳拉尼亚最强大的。他的势力与日俱增。不出多久，好日子就要到头了。"秘书缓缓沉思道。他和墨拉达不仅是行动伙伴，也面临着共同危险，因此有权发表自己的意见。"我在想，好日子要到头了，"他继续道，"也许很快了……除非……"他停下了。

"我跟你说了不能下手。任何意外都要归到我头上的。那会直接引爆革命，还会把海外政治避难的大门全部堵死。"

"除了武力还有别的路子。"

"我想不出来，他很强大。"

"力士参孙[1]也很强大，但还是毁在了腓力士人手里。"

"用一个女人。我记得他从来没爱上过谁。"

"不代表未来不会。"

"需要一个大利拉，"总统冷冷地说道，"也许你可以给他找一个。"

秘书的目光毫不掩饰地在屋里游走，在露西尔的照片上稍作停留。

"好大的胆子啊，秘书先生！你真是个恶棍，

---

1 《圣经·旧约》中的大力士。他的魔力源自头发，这本是他应当守口如瓶的秘密，但他英雄难过美人关，在腓力士情人大利拉的诱哄下说了出来。大利拉剪去参孙的头发，让他力气尽失，随后腓力士人把他带走，弄瞎了他的双眼。

还有一点儿廉耻吗！"

"我们共事有一段时间了，将军，"这种时候，秘书总是喊他"将军"，好让总统想起战争年代他们共事的小片段，"所以才会这样。"

"你太无礼了。"

"我们休戚与共。我也有敌人。你非常清楚，要是没有秘密警察保护，我的命会多么值钱。我只记得那些事是和谁一起做的，为的是谁。"

"也许我言之过重，米格尔，但凡事要有个底线，哪怕是……"他本打算说"朋友之间"，但米格尔此时是以"共犯"身份介入的。"唉，"墨拉达说，"我不管是在什么人之间。你的提议是？"

"腓力士人，"米格尔答道，"毁了参孙，但是得先让大利拉剪掉他的头发。"

"你是说让她求他住手？"

"不，我觉得那没用的，但如果他妥协了……"

"但她……她不会同意的。她会卷进去的。"

"她不需要知道的。另找一个理由让她接近他。对她来说纯属偶然的理由。"

"你真是个恶棍——十恶不赦的恶棍。"总统低声道。

米格尔露出微笑，似乎把这话当作恭维之词。"这件事，"他说，"比起面子和道义的那些条条框框来说要严肃得多。特殊情况，特殊对待。"

"她绝不会原谅我的。"

"能否被原谅取决于你。你的宽容能让你饶恕自己并没有犯下的罪孽。你只需当个吃醋的丈夫，以后再自己认错就好了。"

"那他呢？"

"想想这位伟大的人民领袖吧。爱国者，民主人士，管他什么头衔呢，向暴君的妻子献殷勤！啊，这成何体统，会令多少人恶心啊。还不止呢——等他卑躬屈膝地匍匐在总统脚下求情吧——多美的画面！他完了，光是嘲讽就足以毁了他。"

"可能会吧。"墨拉达说。这画面让他心满意足。

"肯定会。我看这是唯一的希望，不损你一分一毫。看到心爱的男人心生嫉妒，每个女人都会窃喜，哪怕这男人是她丈夫。"

"你是怎么知道这些的？"墨拉达望着同伴这张

扭曲的丑脸和油亮亮的头发问道。

"我就是知道。"米格尔带着令人作呕的自豪感咧嘴笑道。他流露出自己的胃口，叫人反胃。总统感到一阵恶心。"秘书米格尔先生，"他仿佛打定了主意，说道，"我恳请你不要再提此事。我认为这个策略虽然证明你头脑过人，但是会显得你心术不正。"

"从阁下的态度看来，我已经无需多言。"

"你手头有去年的农业委员会报告吗？很好，请做好摘要，我要看数据。即便首都沦陷，也许还能保住乡村。这就需要不少兵力了。"

这个话题就这样放下了。两人都明白了对方的意思，也感受到了来自危险的鞭策。

处理完早上的公务，总统正准备起身离开房间，忽然先转向米格尔，突兀地说道："如果我们可以知道重开参议院时反对派打算做什么，那就容易多了，不是吗？"

"确实如此。"

"那我们怎么才能让萨伏罗拉开口呢？他很警觉的。"

"还有一种办法。"

"我跟你说了武力不在考虑范围之内。"

"另一种办法。"

"那件事，"总统说，"我命令你不许再提。"

"决不再提。"秘书说罢继续写材料。

墨拉达向花园走去，这是劳拉尼亚最美的名园之一，绿树成荫。园中土壤肥沃，阳光温暖，雨水充足。这座园子有种不羁的自然美。劳拉尼亚人并不欣赏精确的对称美，他们不喜欢用数量相当的灌木拼出形状对称、符合数学的设计，也不喜欢用树篱小径打造几何图形。他们很闭塞，庭园风格体现出对几何与精准的蔑视。大片闪耀的亮色形成赏心悦目的对比，绿树浓荫的清冷色调流露出乡野气息。他们的园艺思想是让每一株植物自由生长，以臻于自然之完美，胜过人工之雕琢。就算结果不够艺术，至少也是美的。

然而，总统对花花草草和造园满不在乎。他说自己公务繁忙，无暇顾及色彩、对称或线条美。玫瑰的色泽、茉莉的馨香，只能激起他最基本的感官愉悦。这出于人类本能，并非主动欣赏。他修建了这座上好的花园，是因为每座总统府里都该有一片花园，方便他同别人私下探讨问题。这片花园让午后的接见方便了许多。但他本人对花园漠不关心，菜园对他更具有吸引力。他讲求实用主义，比起兰花，洋葱更能引发他的满心欢喜。

　　和米格尔谈毕，他思绪万千，匆匆穿过绿树成荫的小径向喷泉走去。形势紧迫。正如米格尔所言，有些东西是迟早的事，除非……除非消灭萨伏罗拉或让他声名扫地。他努力克制，阻止那个早已占据脑海的想法成形。他回顾往昔，在艰苦的战争年代，自己的奋斗过程中掺杂了许多不堪回首的记忆。他想起一名前途无量的军官兄弟——既是一个团的上校，也是他的竞争对手。关键时刻，他见死不救，让敌人帮他扫除了这晋升的障碍。然后，他又想起了一件同样不光彩的事情。他打破约定，不顾停火，将已经投降的人射死在他们坚守的要塞墙头。他还心烦意乱地想起，自己使用了怎样的手段，从被俘间谍的口中挖掘情报，五年忙碌的生活赋予了他成功与财富，却抹不去那间谍留在他记忆中的痛苦扭曲的脸。可是，这个新主意比起其他一切都更令他作呕。虽然他不择手段，但他还是像历史中或同时代的许多人一样，试着放下令人不齿的过去。因此他说过，等他掌权之后必将抛弃这些手段，到时候就不再需要了。可谁能想到，现在他又需要了。然而，露西尔的美足以让他倾心相待，虽说他的爱里鲜有一丝柔情。她是个多么完美的伴侣，人情练达，光芒四射，仅仅她对国事的辅佐这一方面也足以令他珍视又爱慕。露西尔一旦知道内情，一定不会原谅他。她一定不能知道。可那个想法还是让他憎恶。

但还有什么别的办法呢？他想起前一天人群中的一张张脸，想起萨伏罗拉，想起军中的状况，想起更阴暗、更诡秘的传言——有些奇奇怪怪的联盟和秘密社团正在酝酿暗杀和革命。暗潮已经涌动，危险的时局耽搁不起。

然后另一个选择又冒出来了：逃避，退位，在国外过着低声下气的生活，饱受唾弃、屈辱和怀疑。虽然传说流亡海外的人一般都会长寿，但他决不考虑。他宁愿去死。除了死亡，没什么可以把他逐出总统府，他一定会奋战到底。他的思绪又回归原点。还有一线希望，一个看似可行的方案。那条路他难以认同，却别无他法。正想着，他已经走到了小路尽头的转角，看见露西尔坐在喷泉边。这场景很美。

她见总统心事重重，起身相迎。"怎么了，安东尼奥？你看起来有心事。"

"形势对我们不利，亲爱的。萨伏罗拉、代表团、报纸，还有最要命的，我接到了关于人民的汇报，都是值得警惕的征兆。"

"早上我回来就注意到了，你们都满脸阴沉沉的。你觉得有危险吗？"

"有，"他故作正色回答道，"极其危险。"

"我希望能帮你，"她说，"但我只是个女人。我能做什么呢？"总统没有回答。她继续道："萨伏罗拉先生很和善。内战前我就与他相熟。"

"他会毁了我们的。"

"当然不会。"

"我们得逃出这个国家——如果他们允许的话。"

她的脸色更苍白了。"但我能看懂人们的心思。

我和他能互相理解，他不是那种疯子。"

"他的身前身后牵扯了许多其他势力，他不了解，也控制不了，但他已经唤起了它们。"

"你什么都做不了吗？"

"我不能逮捕他。他很受欢迎，况且他也没有违法。他会继续的。距离选举不到两周。无论我怎么提防，他都会回来，接着麻烦就要开始了。"他顿了一下，然后好像在自言自语，"要是我们知道他的计划就好了，那样我们也许可以挫败他。"

"我帮不了你吗？"她迅速说道，"我了解他，我觉得他很喜欢我。也许他会把没对别人说过的事情悄悄告诉我。"她想起过去那些在自己面前俯首称臣的男人。

"亲爱的，"墨拉达说，"你为什么要毁掉自己的生活，卷入阴暗的政治中呢？我不会向你开口的。"

"但我想啊。要是能帮上你，我就试试。"

"也许还会有其他收获。"

"那好，我来帮你打探，两周之内告诉你。他肯定会来国宴舞会的，我到时候会见到他。"

"让你跟那种人说话，我真是不情愿，虽然我知道你的聪明，事情也刻不容缓，但他会来吗？"

"我会在邀请函里附一张留言条，"她说，"我会嘲笑政治，建议他最好把个人生活和政治分开。我认为他会来的，如果没来，我再找其他办法去见他。"

墨拉达爱慕地看着她。每每发现露西尔能够为他所用，他就更爱她了。"那么就交给你了。我担心你会失败，但如果你做到了，你就能拯救这个国家。失败了也不会造成什么伤害。"

"我可以的。"她自信地答道，说罢起身走回府内。丈夫的举止已经告诉了她，此刻他希望一个人静一静。

墨拉达在那里又坐了很久，盯着一条懒洋洋的肥金鱼安逸地在水中游动。他脸上那表情，好像吞下了什么恶心的东西。

# 第六章
## 宪政之名

　　劳拉尼亚共和国的开国先贤早就意识到，维护国内不同党派之间的礼貌往来，促进公众人物之间的社交关系，对于国家有着重要意义。因此长期以来，总统在每年秋季都会遵循传统，举办几场官方聚会，邀请不同党派的重要人物出席，而受邀者出席此类活动也被视作基本礼节。今年人民的情绪激动，关系紧张，因而萨伏罗拉决定不参加，正式回绝了邀请。也因此，他非常惊讶地收到了第二张邀请函，更惊讶地发现露西尔附上了一条留言。

　　露西尔明知道他拒绝了，却依然坚持邀请，这不禁让萨伏罗拉思索她的动机。当然，她相信自己的魅力。怠慢佳丽本非易事。只要她们美貌依旧，人们就难开推诿之口。在如此紧张的时刻收到这样一封盛情难却的邀请函，或许足以充当他的政治资本。但他发觉露西尔对他的判断很准确，也明白她不会受此牵连。萨伏罗拉感到欣喜。他十分遗憾自己不能前往，但既然已经决定了，那还是坐下写信回绝。写到一半，他停下了。他突然想到，也许露西尔处境艰难，需要他的帮助。他又把信重读了一遍，尽管没有明言，可他似乎读出了一丝请求的意味。于是他开始为更改决定寻找借口：这是古老的传统；他有必要向追随者表明，目前他只鼓励符合宪法的活动；这是展示他对自己的计划充满信心的恰当时机……实际上，即便他列出了各种理由，真正的原因却不在其中。

没错，他要去。党内会有人反对，但他不在乎。这与他们无关。他也足够强大，可以直面他们的不满。这些思绪被莫雷特打断了，他刚刚进来，眼神热切得发亮。

"中央小组委员会一致提名你做候选人。独裁者的傀儡特兰塔被轰下去了。我已经安排了一场周四晚上的集会，请你去讲话。我们已经把风浪推向了高潮！"

"首都！"萨伏罗拉说，"被提名在我意料之中，我们在首都的影响力很大。我很高兴有机会发表演说。很久没参加集会了，现在有不少事情可谈。你刚才说你安排的是哪一天？"

"周四晚八点，大会堂。"莫雷特说。虽说他是个乐天派，办事却也很干练。

"周四？"

"是啊，那天晚上你没安排。"

"哦，"萨伏罗拉缓缓道，似乎在斟酌用词，"周四晚上是国宴舞会。"

"我知道啊，"莫雷特说，"所以我才安排在周四。要让他们感觉是在火山口跳舞。距离总统府不足两公里，人民在同仇敌忾地聚会。墨拉达那天晚上是不可能安稳享受的。卢韦不会去的。索伦托肯定在严加防范，为大屠杀做准备。这会毁了他们的兴致，给他们看看不祥之兆。"

"周四不行的，莫雷特。"

"不行？为什么不行？"

"因为那天晚上，我也要去舞会。"萨伏罗拉从容地说道。

莫雷特倒吸了一口气。"什么，"他喊道，"你也要去！"

"我当然要去。这是国家的传统，不能抛在一边。这是我的职责。我们为宪政而战，必然要对它的规矩表示尊重。"

"你要接受墨拉达的款待——进他的房子，吃他的饭菜？"

"不会，"墨拉达说，"我吃的是国家的饭菜。你很清楚，这些官方活动的经费来自公众。"

"你会跟他说话？"

"当然要说，但不会让他舒服的。"

"那你会羞辱他吧？"

"我亲爱的莫雷特，你怎么会那样想呢？我应该有礼有节。那样最能吓到他，那样的话，他就不知道等着他的到底是什么了。"

"你不能去。"莫雷特坚决地说。

"我肯定要去。"

"想想工会，他们会怎么看？"

"做决定之前，这些我都想过了，"萨伏罗拉说，"他们爱怎么看就怎么看。我就是要告诉他们，在未来很长一段时间内，我都不打算抛弃符合宪法规定的方式。这些人的热情需要时不时冷却一下，他们动不动就上纲上线。"

"他们会斥责你背叛我们的事业。"

"肯定会有蠢货讲这种话的，但我相信我的朋友不会重复这些话来烦我。"

"施特雷利茨会怎么说？这事情很可能刺激他带人越过边界。他一直觉得我们太磨蹭了，不耐烦的情绪与日俱增。"

"如果我们的配合行动还没准备好，他就先动起手来，那么他和那群乌合之众会一齐被政府军解决掉。但他已经收到了我的明确指令，我也希望他服从。"

"你这样做就是犯错，明知故犯，"莫雷特厉声道，"更别提在敌人面前卑躬屈膝有多么丢人。"

萨伏罗拉对这位追随者的愤怒报以微笑。"哦，"他说，"我不会在他面前卑躬屈膝的。好啦，你还没我见过我那样吧。"他把手搭在同伴的胳膊上。"很奇怪，路易斯，"他继续道，"我们很多想法都不一致，但一旦陷入困境，心存疑惑，我最先想到找你。我们会为小事情打嘴仗，但遇到大事，我总是很看重你的意见，你很清楚的。"

莫雷特让步了。萨伏罗拉一说这种话，他肯定会让步。"好吧，"他说，"你想什么时候演讲？"

"随你安排。"

"那周五吧，越早越好。"

"很好。你来筹备集会，我来想想要说什么。"

"我希望你别去，"莫雷特说着，又重提了刚才的反对意见，"换了我，没什么能动动我去的。"

"莫雷特，"萨伏罗拉带着少见的郑重说，"那件事我们讲定了。我还有别的事想聊聊。我心里不踏实。现在有一股反叛的暗流，它的力量令我无法估量。我是党内公认的领导人，但有时我能感觉到还有其他我无法控制的势力在作祟。叫'联盟会'的那个秘密社团就是个不确定因素。我恨那家伙，那个自诩'第一号'的德国人，克罗伊茨。我在党内遇到的各种反对，归根结底都来自他。似乎连工党代表都受他的影响。其实，我有时候的确会想，你、我、戈多伊，和所有为了维护古老宪政而奋斗的人，都不过是社会浪潮中的一朵朵政治浪花而已，谁都不知道这股浪潮会涌向何方。也许我担心过头了，但睁大眼睛就能看见，证据全部明摆在那里，叫我不得不想。未来不可预测，但一定会令人惊骇。你我必须并肩作战。当我无法掌控局面时，我就不会再带领大家了。"

"联盟会算什么，"莫雷特说，"不过是一个小小的无政府主义者团体，他们只是暂时选择和我们站在一边。而你是党内不可或缺的领导人，是你掀起了波澜，也将会由你来决定继续向前还是稍作平复。没什么不为人知的力量，你就是动力的源泉。"

萨伏罗拉走到窗口。"请你俯瞰这座城市，"他说，"这一大片房子，里面住了三十万人。想想这个规模，想想里面可能潜藏的力量。再看看这间小小的屋子。你觉得我之所以是我，是因为我改变了那么多人的想法，还是因为我最能表达他们的呼声？我是他们的主人，还是他们的奴隶？相信我，我没有幻觉，你也不该有。"

他的言谈举止给这位追随者留下了深刻的印象。他听着萨伏罗拉真诚的言辞，看着这座城，仿佛已经听到了群众的咆哮，遥远、模糊，却像浪花随着海风拍击岩岸的隆隆声。他没有回答。他那情绪化的个性放大了内心所有的激情。他总是极端地活着。他没有健康的怀疑精神来平衡心绪。此刻，他神情庄严，向萨伏罗拉道声早安，缓缓走下楼梯。他强大的想象力刚刚被激发到了极致，令他震撼不已。

萨伏罗拉靠在椅子上。他的第一反应是开怀大笑，但他知道，这一笑不完全是因为骗过了莫雷特，他也差点骗过了自己。但是在他那精密的大脑中，不同的区域也紧密相连，互相之间藏不住秘密。他还是不允许那个令他改变主意的真实原因在这些区域中成形。他好几次默默告诉自己，没这回事，就算有也没关系，说明不了什么。他从盒子里抽出一支烟来，点燃，看烟雾一圈圈袅袅升起。

他刚才说的那些，自己又会相信多少？他想起莫雷特严肃的表情，那并不完全是受到了他的话语的影响。这位年轻的革命者肯定也注意到了什么，但是他不敢或不能把自己的感觉浓缩成词句。那么，暗流的确存在，前方险阻重重。好吧，他不在乎，他相信自己的力量。出现困难就克服，遇见危险就直面。相比成团的骑兵、步兵、炮兵，他只是一个人，却是一个完整而紧密的实体。无论何时何地，他都清楚自己的实力；无论玩什么游戏，哪怕形势不利，他都会尽力享受。

　　烟雾在他的头顶盘旋。生活——如此虚幻，如此荒芜，却如此迷人！自称为哲学家的愚人，试图把这严酷的事实传递给世人。他的哲学支撑着自我满足的信仰——教他将自己的痛苦最小化，放大乐趣，让生活更加欢畅，让死衬托生的美好。芝诺教会他如何面对逆境，伊壁鸠鲁教会他怎样享受乐趣。他沐浴在幸运女神的微笑中，面对命运的皱眉也只耸耸肩。他的存在，或者说他一系列的存在，始终怡然自得。他珍藏的回忆都值得铭记。倘若未来诞生了新的政权，倘若游戏在别处开局，他亦会参与其中。他渴望不朽，却也能镇定地冥想湮灭。与此同时，生的差事也是一道有趣的难题。他发表过许多演讲，深知妙语须从打磨中来。纯粹即兴的演讲只是幻想，并不现实。华丽的辞藻也只是温室的花朵。

　　讲些什么呢？他不知不觉连抽了好几支烟。在烟雾中，他看到了一个让人刻骨铭心的结尾。接着，他又看到了一种崇高的思想、一个贴切的比喻，措辞恰当，连文盲都能理解，连头脑最简单的人都能产生共鸣。他想到了一些能唤醒听众情感、让他们超越日常物质生活的事件。他的想法开始组织成词句。他喃喃地自言自语。他在自己的语言节奏中摇摆。他自然而然地押韵。想法接连而至，源源不断，轻快流淌，如水面光影变幻。他抓起一张纸，匆匆用铅笔记录。那个论点，可以用同义反复来强调吗？他草草写出粗糙的句子，划掉，润色，重写。词语音声悦耳，词意促进认知、激发思考。多棒的游戏啊！他的一手好牌都在脑海中摊开，押下的赌注是这个世界。

写着写着，时间一分一秒过去。管家端着午餐进来，看到他在静静地忙碌。她见过萨伏罗拉这样，不敢打扰。桌上的食物一口未动，慢慢变凉。时钟的指针缓缓转动，记录下时间的轨迹。没过多久，他站起身来，完全沉浸在自己的思考和语言中，急促地迈着大步在屋里踱来踱去，低声自语，重读句中的强调。他忽然停下，猛地一掌拍在桌上。讲稿就这么敲定了。

这声响把他拉回了寻常的生活中。他又饿又累，嘲笑自己忘我的热情，在桌边坐下，处理起那份被遗忘的午餐。

　　厚厚一叠信纸，上面铺满短语、事实和数据——这就是一上午的劳动成果。这叠纸钉成一摞摆在桌上，看着毫不起眼、无关痛痒，可在劳拉尼亚共和国总统安东尼奥·墨拉达眼中，它的威力堪比一颗炸弹。要知道，墨拉达既不是傻瓜也不是懦夫。

# 第七章
## 国宴舞会

　　劳拉尼亚总统府是举办重大社交活动的绝佳场所。他们的政坛传统上一向鼓励奢侈的公共娱乐，共和国也得以将好客的热情发挥到极致。本季度的第一场国宴舞会，从方方面面来看都是最重要的一场。这是双方党派的大人物们在夏末秋初首次举行盛大的聚会，首都名流刚从乡里山间的消夏住宅回来，欢聚一堂。一切都充分展示了高雅的品位和富丽堂皇的气派。最美的音乐，最醇的香槟，地位显赫而派别不同的贵宾，皆为晚宴的亮点。巨大的凉棚完整地覆盖了总统府宽敞的庭院。一排排近卫军步兵列在入口，刺刀锃亮，将这种场合衬托得更加璀璨，更加安全。灯火通明的街道挤满围观的好奇群众。总统府大厅像平日一样庄严威武、富丽堂皇，此刻府中衣着华丽的贵客让建筑更显气派。

　　总统携夫人站在楼梯顶端。他勋章闪亮，熠熠生辉；她美貌无双，光彩照人。客人登上楼梯，由一位身着猩红色镶金制服的武官迎接，询问来宾的姓名和头衔，再大声宣布。高朋满座，形形色色的宾客来自欧洲各国首都以及世界其他各国。

今晚的特邀嘉宾是埃塞俄比亚国王，丝绸珠宝锦簇框住了他那张黝黑却神采奕奕的面孔。他来得很早，然而这不太明智，如果再晚一些，会有更多观众行注目礼。不过他并未受过这方面的教育，也许这在他眼中无关紧要。

接着，各国的外交使节络绎不绝地前来。一辆又一辆马车停在入口，卸下各位贵宾。这群彬彬有礼、老谋深算的政客走下车，身着五颜六色的镶金服饰。楼梯顶端站着俄罗斯大使，头发灰白，却依然英武。他庄重地驻足欠身，礼貌地亲吻露西尔伸出的手。

"以如此盛况衬托一颗无价的钻石再合适不过。"他喃喃低语。

"这颗钻石到了冬宫还能闪闪发光吗？"露西尔机灵地问道。

"毋庸置疑，俄罗斯的寒夜会把它衬托得更加璀璨。"

"在众多钻石中它会湮没无闻。"

"在众多钻石中它无可匹敌，脱颖而出。"

"啊，"露西尔说，"我可不想被注意到，至于孤独，寒夜的孤独，想想就叫人打寒战。"

她笑了起来。外交官向她投去仰慕的眼神，然后步向堵得水泄不通的楼梯顶部，与人群中的众多朋友相互致意。

"特兰塔夫人到。"侍卫宣布。

"见到你真是太高兴了，"露西尔说，"令爱这次没来，实在很遗憾，多少人都要失望呢。"

那位被称作特兰塔夫人的丑陋老妇满脸放光，向楼梯上挪去，挤到阳台边的大理石栏杆旁。她看着后来的宾客，轻佻地向熟人点评他们的衣着举止。她也会故意披露他们每个人的一点隐私，尽管所言属实，听起来却不怀好意。可尽管她向朋友们吐露了许多秘密，却只字不提她曾逼迫特兰塔威胁总统。她让特兰塔写信称，若不邀请夫人，他也不参加舞会。可即便如此威胁，都没能让人想到她女儿——这姑娘不幸遗传了家族难看的面容。

接下来是卢韦，他看起来局促不安，从下车起就扫视着人群中的每一张脸，每一步都生怕撞上炸弹或匕首。他焦虑地望着露西尔，但露西尔的微笑似乎给了他走进人群中的勇气。

然后是英国大使理查德·萧尔格罗夫爵士，他那友善欢快的面相与其声名完全相背。他看似一脸无辜地走上前来鞠躬。劳拉尼亚与英国的紧张关系似乎在那亲切友好的致意中消失了。露西尔与他交谈片刻，假装一无所知。"我们两国，"她欢快地问道，"什么时候才宣战呢？"

"我希望，至少等我享受完第三支华尔兹吧。"大使说道。

"真气人！我本想跟你一起跳第三支华尔兹的。"

"你不能吗？"他担心地问。

"我怎么敢为了跳支舞，就把两国推向战争的深渊呢？"

"在我的鼓动下，你一定不会犹豫。"他献殷勤道。

"什么，激化敌对状态！我们做错了什么呢？你为什么要鼓动战争呢？"

"不是战争——是请你跳支舞。"理查德爵士说着，听起来没有平日那么坚决。

"在政治家里，你真算直白。趁你兴致还不错，告诉我发生了什么吧：有危险吗？"

"危险？没有——怎么会呢？"他已经准备好了客套话，"我们两国向来是友好的，会通过斡旋调停一切争端。"

"你一定意识到了，"露西尔随即换了一种口吻，认真严肃地说，"我们处理这件事，必须考虑国内的政治形势。强有力的对外声明能够改善政府的处境。"

"我完全觉得，"大使毫不退让地说，"没有危险。"然而他并没有提及英国皇家海军战列舰进击者号（排水量一万两千吨，引擎动力一万四千马力，配有四台十一英寸大炮）正以十八节的速度驶向劳拉尼亚在非洲的港口，也未提及他一下午都忙于处理战舰、军需和军事行动的密报。他觉得跟露西尔谈论纯粹的技术细节会扫她兴致。

他们交谈时，人潮已经源源不断拥上楼，环绕整座大厅的宽阔廊台越来越挤。精彩的乐队演奏几乎完全淹没在了嘈杂的聊天声中。舞池那华美的地板上只有几对年轻的舞伴沉浸在自己的世界中，对周围的一切置若罔闻。整座大厅的人都满怀期待——萨伏罗拉会来，这消息传遍了整个劳拉尼亚。

突然，所有人都屏息凝神，远处的叫喊压过了乐队的管弦。喊声越来越大，迅速扩散至近前，直逼大门口。人声渐渐止息，大厅里一片寂静，只剩乐声来填充静默。是在喝倒彩，还是喝彩呢？那声音听起来很奇怪，模棱两可。人们要打赌了：等看到他的脸，一定能读出答案。

穿过回转门，萨伏罗拉走进来。所有眼睛都转向他，但那张脸上没写任何答案，他们的赌局悬而未决。他信步而上，颇有兴致地扫视着拥挤的廊台，还有挤满了那儿的显赫人物。没有装饰，没有勋章，他只穿了一件普普通通的晚礼服。在那一片闪亮的色彩、华丽的衣饰中，他显得无比沉郁。但和铁公爵[1]一样，他自有领袖风范，冷静、自信、沉着。

---

1　即英国首相威灵顿公爵。"铁公爵"是他的绰号。

总统走下台阶几步，迎接这位不同凡响的客人。两人都严肃地欠身，不卑不亢。

"先生，很高兴你能来，"墨拉达说，"参加舞会符合我们的古老传统。"

"是职责和意向的共同作用把我引到了这里。"萨伏罗拉挂着讽刺的笑容答道。

"群众没有施压吗？"总统尖锐地暗示道。

"哦，没有，但他们拿政治小题大做了，就是不赞成我造访你的总统府。"

"你来得没错，"墨拉达说，"我们以国务为职责，懂得这类事情的价值。大人物不会为公事过分激动，君子也不会抄起棍棒解决争执。"

"我还是喜欢用剑解决。"萨伏罗拉若有所思地说。他已经来到了楼梯顶端，露西尔站在他面前。她看起来真像一位王后，无与伦比，举世无双！她头戴象征王权的精致冠冕，而民主人士萨伏罗拉却独向这一人鞠躬。露西尔伸出手，他毕恭毕敬地接过，接触的瞬间让他心头一颤。

总统挑选了一名富态的劳拉尼亚贵族名媛做舞伴，带头走向舞厅。萨伏罗拉不跳舞——有些娱乐方式为他的处世哲学所不容。俄罗斯大使俘获了露西尔，萨伏罗拉只是旁观。

蒂罗中尉见他一人独自站在那里，便走了过来，想继续他们上周被打断的话题，讨论马球队的后卫。萨伏罗拉笑着迎上去。他喜欢这名年轻的战士，说实话，这名战士人见人爱。蒂罗说得头头是道，他倾向于选派一名体态敦实的运动员殿后，避免冒险。萨伏罗拉则认为，劳拉尼亚军队的面貌应当在国际赛事中准确地展现，因此更倾向于挑选一位身姿矫健的选手，直接跟在前锋后面，随时准备接球。两人讨论得非常热烈。

"你在哪里打过球吗？"中尉问道。萨伏罗拉对马球如此了解，令他很是惊讶。

"我从来没打过，"萨伏罗拉说，"但我一直认为，这项运动很适合拿来训练军官。"

话题转开了。

"劳驾你为我解释一下，"这位伟大的民主人士说，"这些勋章都是什么意思？那位英国大使理查德爵士佩戴的蓝色勋章又是什么？"

"那是嘉德勋章，"中尉答道，"是英国的最高荣誉勋章。"

"真的吗，那你戴的呢？"

"我？哦，这是非洲勋章。我一八八六到一八八七年在那里，忘了告诉你。"正如萨伏罗拉所料，被问起这个问题，让他感到非常高兴。

"对你来说，那一定是很特别的经历，你这样年轻。"

"太有意思了，"中尉肯定地说，"那时候我在朗基塔尔。我们中队追击敌人跑过八公里呢。长矛真是一种漂亮的武器。在印度的英国人有一项运动叫猎野猪，我没试过，但我知道一种更好的玩法。"

"哦，也许你很快就有机会了。我们好像跟英国政府闹别扭了。"

"你觉得会打起来吗？"这男孩热切地问。

"嗯，当然了，"萨伏罗拉说，"打一仗就能把人民的注意力从国内的舆论斗争和改革运动上转移开来。总统是个聪明人。有可能会打仗吧。我不想预言，但你想打仗吗？"

"当然想，这是我的本行。我受够了在总统府当摆设，还是更想念军营和马鞍。还有，跟这些英国人打仗一定很带劲儿，他们能逼得我们快马加鞭。在朗基塔尔，他们有个军官跟我在一起，是个中尉，假扮成探险家来观战。"

"后来他怎么了？"

"嗯，是这样的，我们追击敌人，一路追到山里，把他们赶得溃不成军。正当我们飞奔的时候，他说看到很多敌人逃往一片树林，想赶去把他们截住。我说时间不够了。他说有，要跟我打赌，赌六比四，所以我派了一支队伍去——忘了说，那天是我率领中队——他领着人去了，给他们指明路线……你听腻了吧？"

"正好相反，我很感兴趣。然后呢？"

"他判断失误了。结果敌人抢先一步进树林打埋伏，他刚进林子就中枪了。我的兄弟们把他带回来，腿上大动脉都被射穿了。那撑不了多久的，我跟你说。他只说了一句：'唉，你赢了，但到底怎么给你钱，我也不知道了。找我的弟兄们吧，英国皇家长矛轻骑兵。'"

"然后呢？"萨伏罗拉问。

"唉，我找不到那条大动脉止血，医生一个都不在。他死了——英勇的人啊!"

中尉停下了,说了那么多自己的军旅冒险,他有点不好意思。萨伏罗拉觉得看到了一片新大陆,一个新世界,它属于一个热切、冲动、好斗的青年。他自己也很年轻,足以感到一丝妒意。这个男孩见过萨伏罗拉从未见过的世面,他的经历让他学到了萨伏罗拉不曾学过的一课。他们的生活阅历迥异,但或许有一天,萨伏罗拉自己也会打开战争这本奇书,身临险境,借着今天这缕光,阅读其中的经验教训。

与此同时,起舞的人们一曲接一曲,夜色随之流逝。埃塞俄比亚国王惊恐万状地看着女人们不戴面纱、穿着低胸晚礼裙,一想到要与可憎的白人共进晚餐他也十分害怕,于是匆匆告辞。总统走到萨伏罗拉身边,邀他陪同自己的妻子参加晚宴。众人排成一队走下楼。萨伏罗拉伸出手臂让露西尔挽住。晚宴摆满美味佳肴:干香槟酒,肥鹌鹑肉。台上点缀了美丽的兰花,品种稀有。萨伏罗拉周围的宾客令人愉快。他坐在劳拉尼亚最美的女人身旁,而他全然不知,这名女子正盘算着怎样俘获他。他们最初聊了些无关紧要的趣事。总统摆出了亲切随和的形象，举止文雅礼貌，口中滔滔不绝。萨伏罗拉喜欢轻松活泼的谈话，他原本决定以纯粹的官方宾客身份示人，却很快发现难以维持。妙语、美酒、佳人，让他打破矜持，不知不觉地加入了讨论。他们探讨的问题半是怀疑，半是严肃，就像这个时代的特点——因为怀疑而质疑，质疑后则加倍怀疑。

俄罗斯大使说他崇尚美，并告诉自己的伴侣——年轻的费罗尔公爵夫人——陪同她参加晚宴好比出席宗教仪式。

"我猜，这表明你已经腻烦了。"她答道。

"绝无此事。在我的宗教里，仪式绝不枯燥无味。我坚信这是它最鲜明的优越性之一。"

"差不多也没其他优越性了，"墨拉达说，"你虔诚地崇拜自己创造的偶像。如果你崇尚美，你的女神就不再有稳定的宝座了，她取决于反复无常的人类。难道不是吗，公主殿下？"

塔兰托公主坐在总统右边，她回答说，那种基础依然比许多其他信仰的基础要牢靠得多。

"你是说，在你眼中，人类的反复无常足够恒定？这倒也不难相信。"

"不是，"她说，"我只是说人人都会爱美。"

"一切生物都爱，"萨伏罗拉更正道，"植物爱美，才开出花朵。"

"啊，"总统说，"或许生物对美的热爱恒久不变，但是美本身可能会变。看看世事变迁吧：一个时代的美，在另一个时代可能不美；非洲人爱慕的，欧洲人可能觉得反胃。这是观念问题，因时因地而异。你的女神，先生，和普洛透斯[1]一样变化多端。"

"我喜欢变化，"大使说，"我认为变化多端是女神必不可少的优势。我不在乎眼中看到多少种形态，只要美就好。"

"但是，"露西尔插话道，"你没有把'什么是美'和我们眼中的美区别开来。"

"没有区别。"总统说。

"面对总统夫人，就没有区别。"大使礼貌地插话。

---

1　古希腊神话中可以变身的海神。

"什么是美，"墨拉达说，"难道不就是我们选择仰慕的对象吗？"

　　"我们会选择吗，我们有权选择吗？"萨伏罗拉问。

　　"当然，"总统答道，"我们每年都会重新选择。时尚潮流年年在变，问问女士们就知道了。看看三十年前的时尚吧，只有那时候的人觉得好看。再看看不同绘画风格，层出不穷，还有诗歌、音乐。况且，斯特拉诺夫先生的女神，在他眼中很美，在其他人眼中也不一定美。"

　　"我认为那就是绝对优势，你让我更加醉心于自己的宗教了。我不是为了虚荣心才崇拜某个理想典型的。"大使微笑着说。

　　"你是从物质的角度看这个问题的。"

　　"物质层面，而不是精神层面。"费罗尔夫人说。

　　"可我对女神的精神崇拜是否属于精神层面无关紧要。况且，你说我们的口味一直在变，可是在我看来，那种恒定性正是我这种宗教的精髓所在。"

　　"这说法看起来有些矛盾，我们要请你解释一下。"墨拉达说。

"嗯，你说我每天都在变，我的女神也跟着变。今天我崇尚一种美的标准，明天再换一种，但明天的我，已经不是今天的我。我脑中的分子结构变了，想法也变了。从前的我有自己所爱的完美典范，可他消失了；新的'自我'诞生，又爱上了新的完美典范。这完全是一种至死不渝的爱。"

"你不觉得那样的恒定实际上是一系列的变化吗？你像是在说，运动就是一连串的暂停。"

"我忠于时时刻刻的爱慕。"

"你用另一种说法道出了我的观点。美随人心反复无常，随时代而变。"

"看看那尊雕塑。"萨伏罗拉突然说，指向大厅中央，在蕨类植物的簇拥间，高大的狄安娜大理石雕塑端庄地站立着。"两千多年前，人们就在称赞她的美。今天我们会说她不美吗？"无人作答，他继续道，"这就是真正永恒的线条和形态美。刚才你们提及的那些，时尚、风格、潮流，都只是我们努力接近这种美所做的无用功。人们把这种艺术称作为努力的艺术。艺术之于美，好比荣誉之于诚实，是一对非自然的同素异形体。艺术和荣誉属于君子，而美与诚实在人间至高无上。"

谈话声忽然停下。他的口吻传递着明确的民主精神，他的严肃震慑了众人。墨拉达神情略有些尴尬。大使连忙出来圆场。

"哦，我还是要继续崇拜我美丽的女神，不管她是始终如一还是瞬息万变……"他望向公爵夫人，"为表虔诚，我该去舞厅那个神圣祭坛，献上一支华尔兹。"

他推开椅子，弯腰拾起伴侣落在地上的手套。大家也都站了起来，各自散开。萨伏罗拉和露西尔走回大厅，路过一条通往花园的门径。花圃周围和树上都点缀着无数彩灯和饰物。红毯覆盖着小径，凉爽的微风拂面而来。露西尔止步。

"夜色真美。"

这分明是她的邀请。那么，露西尔到底是想和他说话了。他来对了——以宪政之名。

"出去走走？"他说。

露西尔应允，两人迈上露台。

# 第八章
## 星空之下

夜色静如止水。微风甚至无力让周围一圈纤弱的棕榈树苗漾起波纹，它们的轮廓叠在树叶上，框住星空。总统府建在高地，庭园位于建筑物西面伸向海边的斜坡上。露台尽头有条石凳。

"我们坐这儿吧。"露西尔说。

两人坐下。梦幻般轻柔的华尔兹从远处飘来，为他们的思绪伴奏。总统府的窗灯火辉煌，不难想象其中光芒闪烁、热浪滚滚的画面。庭园中却静谧凉爽。

"你为什么要嘲讽荣誉呢？"露西尔问，她还在思考刚才被打断的谈话。

"因为它没有扎实的基础，没有超人类的裁判。它的准则根据时空不停地变化。过去，人们一度觉得杀了被自己冤枉的人比弥补过失更光荣。可过段时间，他们又觉得付钱给出版商比给屠夫更重要。同艺术一样，它随着人类的反复无常而变化。同艺术一样，它源自富裕和奢侈。"

"那你为什么认为美和诚实是更高的存在呢？"

"因为我目之所及的万事万物都有永恒的适应性标准，正义战胜邪恶，真理战胜谬误，美战胜丑。这都可以用'适应性'来概括！以此为标准，艺术和荣誉没有多少价值。"

"但它们真是这样吗？"她好奇地问，"肯定还有不少例外吧？"

"大自然从不考虑个体，她只看物种的普遍适应性。看看死亡率的数据吧，多么精准啊：给一个月时间，看看死亡人数有多少。人们从中却找不到任何规律。我们无法断言，好人一定战胜无赖；但进化论者会毫不犹豫地断言，有着最高理想形式的国家会存在下去并且繁荣。"

"除非，"露西尔说，"某些理想形式低劣但武力十分强大的国家出手干预。"

"啊，就连武力强大也是一种适应性。我觉得武力是一种较低形式的适应性，但依然含有人类进步的成分。举个例子而已。我们需要放宽视野。大自然不会考虑任何单一物种。我们现在可以断言的是，有道德适应性标准的生物最终会超越那些武力至上的生物。在攀登进步的阶梯时，文明被拖下来多少次了？我指的是道德力量开始摆脱武力暴政的文明社会。也许单单在这个世界，就已经有好几百次了。但那动力，那上升的趋势，是始终不变的。进化论不会说'总是'，而是说'最终'。哦，文明最终会攀升到蛮荒难以企及的高度。更高的理想形式会像拥有超强浮力那样漂上表面。"

"你为什么假设这种胜利是永久的呢？你怎么知道它不会像其他事件那样发生逆转呢？"

"因为我们既有强大的实力，也有道德的高度。"

"也许罗马人在权力鼎盛时期也会这样想？"

"很有可能，但非常不合理。他们只能依靠剑，那是他们的终极武器。帝国衰落时，他们连剑也拿不动。"

"现代文明呢？"

"啊，我们还有其他武器。等我们退化的时候——我们迟早都会退化的，等我们失去了内在的优越性，依据自然法则，其他种族会发起进攻，取代我们，我们又要重新诉诸那些武器了。到时候，即便我们道德沦丧，但马克沁重机枪依然存在。衰弱的欧洲人战栗着拿起精密的武器，把向他们发动攻击的勇武蛮族消灭掉。"

"这是精神优越性的胜利吗？"

"刚开始是的，文明社会的美德高于蛮族。良善优于勇武，博爱优于蛮力。然而占优势的族裔终究会退化，但没有其他族裔可以顶替他们，退化必然继续。生机与衰亡、活力与惰性之间的斗争由来已久，这种斗争总是以沉默告终。毕竟，我们不能指望人类持续不断地发展。这颗星球表面，迟早会不宜生存。"

"但你说了，适者终将取胜。"

"比起相对的不适应性，的确如此。但衰亡在所难逃，与一时的成败无关。生命之火终将熄灭，生命力的精神不复存在。"

"在这个世界，也许是吧。"

"每个世界都是。整个宇宙都在冷却，也就是走向灭亡。在这个冷却的过程中，它的表面会在一段时间内适合生命的存在，也会上演种种生命的闹剧，然后走向终结——宇宙死亡，被封存在冰冷黑暗的棺材里，永远沉沦。"

"那我们这些努力的意义何在？"

"天晓得，"萨伏罗拉调侃着，"但我敢想象，那种戏剧性看上去一定不会无聊。"

"但你相信超人类的基础，相信美和美德那一类永恒的理想形式。"

"我相信，适应性优于相对不适应性，这是重要的物质规律之一。我说的是各种适应性——精神、物质和数学上的。"

"数学！"

"当然。语言仅在遵循正确的数理逻辑时才得以存在。这一重要的前提表明，数学规律是被发现的，而不是被发明的。行星遵循某些规则，保持一定距离绕太阳运行。进化论揭示出，不守规则的行星会与其他行星冲撞乃至因此毁灭。适者生存也是宇宙法则。"露西尔沉默不语。他继续道："现在我们假设，最开始有两种因素，两种被生存意志激活的物质，还有永恒的理想形式，就像是伟大的作者和伟大的批评家。各种发展、所有生命形态，皆源自二者的相互作用和反作用。生存意志的表达越是接近适应性的恒定标准，就越容易繁衍发展。"

"我要加上第三点，"露西尔说，"还需要一个伟大的存在，为所有生命形态注入接近理想形式的欲望，引导他们繁衍发展。"

"听起来多么令人舒心，"他答道，"想想有这样一个存在，肯定我们的胜利，为我们的努力欢呼，照亮我们的前路。但从科学和逻辑的角度来说，我之前提及的那两种因素一旦开始运作，就没必要再设想另一个存在了。"

"要想理解那种超人类的理想形式，应当还需要外力。"

"不需要。我们称为良知的那种直觉，和其他知识一样源自经验。"

"怎么会呢？"

"我是这样理解的。人类最初从物种起源的半动物、半人类状态中诞生。刚出现在地球上时，公平、诚实和美德等概念并不存在，只有我们称作'生存意志'的动力。然后，或许有一部分人类的早期祖先养成了三三两两地组合、互相保护的怪癖。第一支联盟出现了，他们发展繁荣，胜过了个人的单打独斗。协作机制似乎是适应性的重要方面。物竞天择，只有协作的人才得以生存。人也因此成了社会性动物。渐渐地，小社群发展成大社群。随着物种进化，从家庭到部落，从部落到国家，人类发现，协作越融洽，繁衍发展得越好。那么这种联盟体系靠的是什么呢？靠的是成员之间相互信任，发扬诚实、公平以及其他美德。只有拥有这些品质的人才能协作，如此一来，只有相对诚实的人才能留下。在无尽的岁月中，这个过程反复上演。每一步都将人类这一物种向前推进，每一步都会推动这一事业的实现。诚实和公平深植于我们的血脉之中，是我们本性不可或缺的一部分。只有遇到困难时，我们才会逆着这种倔强的天性而行。"

"所以你不信上帝？"

"我可没说，"萨伏罗拉说，"我现在只是从推理的角度来讨论我们的存在。不少人认为理性与信仰、科学与宗教必须划清界限。也许这是因为我们没把这些概念放在漫长的时间中来思考，所以才认为它们是永不相交的平行线。我始终期待，放眼未来，也许某处存在一个灭点[1]，人类雄心与抱负的所有平行线终将在那里交汇。"

"你说的这些，你自己信吗？"

"不，"他答道，"不相信，本来就没有任何信念可言，不管诗人们怎么说。在我们解决生存的难题之前，首先必须确认'我们的确存在'这个事实。这是个奇怪的谜题，不是吗？"

"等我们死了就知道答案了。"

"要是我这么想，"萨伏罗拉说，"今晚我就会因为无法抗拒好奇的力量而自杀。"

他停下，仰望璀璨的星空。露西尔顺着他的目光看了过去。"你喜欢星星？"她问。

"我爱它们，"萨伏罗拉答道，"它们非常美。"

"也许你的命运就写在上面。"

"我总是羡慕那些无知无畏的人，他们相信某种至高无上的力量把人类未来的肮脏细节写满天空，婚姻、不幸和罪行，都用恒星作字母写进了无垠的宇宙中。归根结底，我们只是原子。"

---

1　在线性透视中，两条或多条代表平行线的线条向远处延伸时会逐渐靠近直至相交，它们相交的点即为灭点。

"你觉得我们无足轻重？"

"生命不堪一击。自然界不会夸大生命的价值。我知道自己无足轻重，但我是会思考的微生物，思考的关键意义在于，它让我得以品尝趣味。即便无足轻重，我还是喜欢活着。思考未来很美好。"

"啊，"露西尔冲动地说，"未来你要把我们赶去哪儿呢——革命吗？"

"也许吧。"萨伏罗拉冷静地说。

"你准备让这个国家陷入内战？"

"哦，我希望事情不至于走到那一步。也许会有巷战，会有人死，但是……"

"但是你为什么非要把他们推向那儿呢？"

"我在履行职责，为人类扳倒军事独裁政府。我不想看到一个只能用刺刀维持的政府。我这是知难而进。"

"这届政府公正又坚定，它维护法律和秩序。你为什么只因为它不符合你的理论，就要发起攻击呢？"

"我的理论！"萨伏罗拉说，"士兵端着上膛的来复枪守卫这座总统府，还有一周前，我们在广场上看到那些长矛轻骑兵刺穿人民……你管他们叫作

'不符合我的理论'？"

他的声音突然变得异常激动，这情形让露西尔感到害怕。

"你会毁了我们的。"她微弱地说道。

"不会，"他威严地说道，"你绝不会被毁的。你的光芒和美貌注定了你是最幸运的女人，你丈夫也注定是最幸运的男人。"

他的灵魂伟大，却也深不可测。露西尔仰脸望着他，忽然露出微笑，冲动地伸出手："虽然我们站在不同的阵营，但我们会遵循战争的惯例交锋。希望我们还是朋友，尽管……"

"我们名义上是敌人。"萨伏罗拉替她补完句子，接过她的手，欠身轻轻一吻。此后，两人都保持沉默，沿着露台走回总统府。大部分客人都已离去，萨伏罗拉没有上楼，直接穿过回转门离开了。露西尔走回舞厅，几对不知疲倦的年轻眷侣依然在旋转。墨拉达迎上来。"亲爱的，"他说，"你上哪儿待了这么久？"

"在花园呢。"她答道。

"和萨伏罗拉一起？"

"是啊。"

总统努力按捺住忽然袭来的满足感。"他跟你说什么了吗?"他问道。

"什么都没说,"她答道,这才想起为什么要去见萨伏罗拉,"我还得再见他。"

"你会继续想办法,摸清他的政治企图,对吧?"墨拉达紧张地询问。

"我会再见到他的。"她答道。

"就靠你的聪明才智了,"总统说,"如果有谁能做到,那只可能是你,亲爱的。"

最后一支舞,然后曲终人散。露西尔疲惫不堪,思绪万千。她回到自己屋里,刚刚与萨伏罗拉的对话还留在脑海中。他的严肃认真,他的激情,他的希望,他的信念,或更准确地说,他不相信什么,都在她眼前重新飘过。他确实是个伟大的人!人民跟随他,这是不是件好事?明天,她决心去听他的演讲。

侍女来服侍她更衣。侍女刚才从楼上阳台向下望,看见了萨伏罗拉。"那个人,"她好奇地问女主人,"就是那个大煽动家吗?"她的哥哥明天要去听萨伏罗拉演说。

"他明天要发表演讲吗?"露西尔问道。

"我哥哥说的。"侍女说道,"我哥哥说,他要痛斥当局,让他们永生难忘。"侍女很在意哥哥说了什么。他们之间有十分强烈的共鸣,实际上,她称他为哥哥,只是因为听起来更舒服一些。

露西尔拿起床上的晚报。头版头条写着,大集会将于次日晚八时在大会堂举行。她让侍女退下,走到窗前。眼前是静默的城市。明天,刚才和她聊天的人要唤起群众,让这座城市震撼。她要去听他演讲。女人是可以去参加这些聚会的,如果她严实地蒙上面纱,为什么不能去呢? 毕竟,这可以让她更了解萨伏罗拉的性格,更好地协助她丈夫。这样一想,她心里踏实多了,终于能安然就寝。

米格尔见到总统时,他正往楼上走。"还有事吗?"总统疲惫地问道。

"没了,"秘书说,"一切都好。"

墨拉达恼怒地扫了他一眼,但米格尔无动于衷,所以总统只简短地答了声"很好",然后离开了。

# 第九章
# 海军上将

　　萨伏罗拉执意赴宴，莫雷特强烈反对，而结果充分证明，莫雷特不无道理。除了实际由党内机构操控的报纸，其他媒体都不看好他的行为，有的发表了严厉的批评，有的表示了轻蔑的态度。《新闻时刻》评论道，群众改用怒吼声迎接他，这标志着他在群众中的影响力下降，甚至可能与革命党派分道扬镳。该报还提醒读者，这位大煽动家的宏伟目标是追逐显赫的社会地位，并宣称，此次萨伏罗拉接受总统的邀请，暴露了他"肮脏的个人目的"。另一家官方报刊则以更具攻击性的言论表达了相似观点。"这些煽动者，"《朝臣》评论道，"始终在沽名钓誉。纵观世界历史，类似案例屡见不鲜。此事再次证明，看似质朴而坚定的人民之子总是无法抵挡跻身上流社会的诱惑。"尽管这些高级的庸俗言论令人不快，但民主党派报刊中严厉的警告和抗议更加危险。《涨潮》直接宣称，如果此类事件继续发生，民众党就应当另选领袖，"选一位不向权贵卑躬屈膝、不曲意逢迎上流社会的领导人。"

萨伏罗拉不屑地读着这些批评。他早已料到有人会说这种话，也清楚自己撞上了他们的枪口。他知道自己参加舞会不是明智的选择——他从一开始就明白。但不知怎么了，他并不为这个错误后悔。毕竟，他的党派为什么要干涉他的个人生活呢？他爱去哪里就去哪里，这是他决不放弃的权利。在这件事上，他既然遂了自己心愿，就必须早早做好心理准备，明白自己应当付出些代价，比如遭到公众唾弃。然而想起庭园里的谈话，他觉得很值得。可修复损伤还是有必要的。他浏览了一遍演讲稿，斟酌字句，斟酌论点，进一步收集论据，并根据公众最近的情绪变化适当调整内容。

就这样，一上午过去了。莫雷特前来共进午餐。他有所克制，那句"我早就跟你说过了"并未脱口而出，但从他的神情可以看出，他很希望萨伏罗拉当初听从了自己的意见，那样才能给未来提供一个坚实的基础。他这个人，无论兴高采烈还是压抑沮丧，变化都在眨眼之间。此刻，他情绪低落，认为败局已定。现在只剩下一线渺茫的希望——萨伏罗拉也许可以借集会上的演讲，表达他的悔恨之意，希望人民不要忘记他过去的功绩。他向领袖如此提议，可萨伏罗拉轻快地笑着拒绝了。"我亲爱的路易斯，"他嘲弄般地说，"我决不会做那种事的。我决不会放弃自己的独立。我爱去哪里就去哪里。要是他们不高兴，可以换个人来打理公务。"莫雷特打了个寒战。萨伏罗拉继续道："我口头上不会这么说的，但我会用行动告诉他们，我既不怕墨拉达的敌意，也不怕他们的谴责。"

"也许他们不会听你的，我听说会有敌对势力到场。"

"哦，我会让他们听我的。刚开始也许会有人吵嚷，但不等我说到正事，他们就能回心转意。"

他的信心颇具感染力，再配一瓶上好的红酒，莫雷特又重新打起了精神。他就像拿破仑三世那样，好像再次看到了收复一切的希望。

与此同时，总统正在为他的计谋初见成效而沾沾自喜。他未曾料到，萨伏罗拉应邀赴宴对他的声誉有如此损害——这是意想不到的收获，尽管这让墨拉达意识到自己的名声同样堪忧。此外，正如米格尔所言，其他方面的形势一片大好。他已经铁了心，也打消了顾虑。紧迫的需求把他推上了这条难忍的路，但既然上路了，他便会坚定地走下去。其间，多方压力来袭。英国政府就非洲问题表现出强硬的态度。他言辞激烈的照会未能像他期待的那样解除危机。现在必须用行动表态了。非洲港口绝不能无人防守，舰队必须立即启航。这时让海军离开并不明智，因为停泊在港内的五艘战列舰会在心怀不满的群众眼中增添几分敬畏。但他预感到，强硬的外交政策才能赢得民心，至少足以将民众的心思从国内煽动上转移开。他也明白，外患会催化内乱。眼下须格外小心。他对英国的实力和资源心里有数。劳拉尼亚相对较弱，他对此不抱任何幻想。其实，弱小才是他们唯一的优势。英国政府会尽一切努力避免与弹丸之国开战（彬彬有礼的欧洲人会称之为"欺负"）。这是一场虚张声势的游戏。他的动静越大，国内形势越好；可一旦过分入戏，等待他的就是毁灭。这是一场微妙的较量，需要坚定有力的人物出手，竭心尽力地施展才华。

"海军上将来了，阁下。"米格尔走进房间，后面跟着一位身着海军制服的红脸小个子男人。

"早安，我亲爱的德梅洛，"总统喊道，起身热忱地同来客握手，"我终于要下令你出海了。"

"哦，"德梅洛直言不讳道，"等你的煽动者起义，我都等腻了。"

"现在有一项艰巨却激动人心的任务摆在你面前。米格尔，那份解码的电报呢？啊，谢谢——看看这个，上将。"

这名水兵读着文件，煞有介事地吹了声口哨。"这次，事态可能要超出你的预期啊，墨拉达。"他毫不拘礼地说。

"这事就交给你了，你有能力扭转局面，之前我们见识过很多次了。"

"这是从哪儿来的？"德梅洛问。

"法国的线人。"

"她是一艘强大的战舰啊，进击者号，有最先进的设计，全新的大炮……这么说吧，装备全是最新的。她不出十分钟就能击沉我手里的那些。此外，他们肯定还有炮艇。"

"我知道不容易，"总统说，"所以我才委托你！听着，无论如何，我不想动真格的。打起来就是一场灾难。此外，你也明白这里又可能发生什么样的灾难。你必须据理力争，谈判、抗议，尽可能拖延。形势发生任何变化，都要发电报和我商量。想办法和英国上将友好相处，那样战斗就赢了一半。要是真到了开炮的地步，我们就让步，然后继续表示抗议。今晚我会把书面指令发给你。你最好今晚就全速推进。你明白游戏规则了吧？"

"明白了，"德梅洛说，"我以前玩过的。"他和总统握手，然后走出门。

总统陪他一起出门。"也有可能，"总统认真地说，"你还没走多远，我就要你回来。城里许多蛛丝马迹表明，恐怕要有麻烦了，毕竟施特雷利茨还在边界等待时机。如果我召你回来，你会来吧？"他的语气里几乎有一丝恳求的意味。

"我会来吧？"上将说，"我当然来，而且会全速开回来。过去一个月，我的大炮早已经瞄准议会大厦了，打算哪天开一炮试试。没错，你可以信任舰队。"

"谢天谢地，我从来没怀疑过。"总统情绪激动地说，他亲切地握住德梅洛的手，然后又回到办公桌前。他明白，海军上将完全忠于政府。

这些生活在巨大机械里的人，自己也成了机器的一部分。德梅洛整日住在战列舰上，对其他事情一无所知，也满不在乎。他带着极度专业的轻蔑眼光，鄙视陆军和平民。而近海的世界，在他眼中只是不同类型的潜在打击目标，其他一切都不需要他顾虑。无论是努力争取自由的爱国者还是外国的强敌，无论是敌人的要塞还是故乡的土地，他对于向这些人、这些地方发射炮弹有着同等的兴趣。只要从正式渠道收到开火命令，他就会心满意足地执行。此后，他只从纯粹的技术角度来操作。

那天下午，总统很晚才处理完公务。"今晚有一场大聚会，是吗？"他问米格尔。

"没错，"秘书说，"在大会堂，萨伏罗拉要发表演讲。"

"你安排人去抗议了吗？"

"我相信会有秘密警察来点儿小插曲的，索伦托上校安排过了。但我猜萨伏罗拉先生的党派已经对他十分不满了。"

"啊,"墨拉达说,"我知道他的能耐,他会用自己的话撕碎他们的心。他有一股可怕的力量,我们必须采取一切防范措施。已经下令军队武装戒备了吧?只要给他一群人,就没什么他做不到的——该死的!"

"上校早上来过了,跟我说他在筹备。"

"很好,"总统说,"他知道这也涉及他自己的安全。今晚我在哪里吃饭?"

"和卢韦先生,在内政部,官方晚宴。"

"真叫人倒胃口!不过他有个私家厨师,今晚的他也是一场好戏。萨伏罗拉一开始雄辩,他就吓得六神无主,简直荒唐可笑。我讨厌胆小鬼,但他们给这个世界带来了不少乐趣。"

他向秘书道过晚安,然后离开办公室。出门时,他遇上了露西尔。"亲爱的,"他说,"我今晚出去吃饭,是卢韦的官方晚宴。这叫人心烦,但我必须去。也许我要很迟才能回来。很抱歉我这就要离开,可近来公务繁忙,我身不由己。"

"没事的,安东尼奥,"她答道,"我知道你的压力很大。英国那件事怎样了？"

"我看形势不妙，"墨拉达说，"他们现在的政府崇尚武力外交，回应我们照会的方式是派出舰队。真是不走运。现在我不得不把舰队派出去——在这种时候。"他闷闷不乐地嘀咕道。

"我告诉过理查德爵士，我们需要考虑这边的形势，所以照会是给国内看的。"露西尔说。

"我在想，"总统说，"英国政府也想吸引选民的注意力。现在是保守党执政，他们必须将注意力引向海外，把公众关心的问题从超前立法上转移开。怎么了，米格尔，还有事吗？"

"是的，长官。这一袋文件刚送来，里面有几封重要的外交函件，请立即查看。"

总统盯了片刻，好像要命令米格尔把这些外交函件连同他自己一起发配到地狱去，但是他克制住了这股冲动。"好，我马上来。"

"明天早餐见，亲爱的，现在我得道别了。"他带着疲惫的微笑走开了。

大人物们如此享受自己冒着生命危险夺来的权力，他们往往也会誓死守卫。

此刻露西尔渴望陪伴和理解，却被留下孤身一人。这已经不是头一回了。她意识到自己的生活状态完全不尽如人意。这一刻，生活的赏罚似乎同等乏味无趣。她在自己的兴奋之情中找到了庇护。前一晚酝酿的计划开始在脑海里成形。没错，她会去听他演讲。她回到屋里拉响铃铛，侍女迅速赶来。"今晚的聚会是什么时候？"

"八点，阁下。"这女孩说道。

"你有入场券吗？"

"有的，我哥哥……"

"哦，给我吧，我想听这个人的演讲。他要袭击政府，我必须向总统汇报。"

侍女惊呆了，但还是温顺地把入场券给她了。她侍奉露西尔已有六年，对这位年轻美丽的女主人忠心耿耿。"阁下穿什么去？"她只问了这么一句。

"深色吧，厚面纱，"露西尔说，"这件事对谁都别说。"

"哦，不会的……"

"连你哥哥也别说。"

"哦，不会的，阁下。"

"就说我头痛，已经休息了。你自己也要回屋里去。"

侍女匆匆离开去取衣帽。露西尔的决心让她紧张而激动。这是一场冒险，一次经历，更重要的是，她能见到他。会有一大群人——想到这里她有点害怕，但她想起女性经常参加这些示威游行，现场也会有许多警察维持秩序。她草草换上侍女拿来的衣物，下楼走进花园。时间已近黄昏，但她轻轻松松地找到了墙上那扇专用小门，取出钥匙打开。

她走上街。一切都是那么安静。两排长长的煤气灯闪着耀眼的光，在远处近乎交汇。有几个人匆匆赶向大会堂，她跟了上去。

# 第十章
# 施展魔法


　　市政厅里有一座巨大的礼堂，多少年来，劳拉尼亚人民都在这里讨论公共事务。建筑外墙是光亮的石板，内部除了几间小屋和办公室，就是那能容纳近七千人的礼堂，屋顶是石灰刷出的白色，由铁制横梁支撑，被煤气灯照得亮堂堂的。它低调而忠实地履行着自己的职责。

　　人潮涌向礼堂，露西尔也夹在其中。她本以为会有座位，但为了容纳更多与会者，礼堂里撤走了所有的普通座席，大多数人只能站着。在这拥挤的人群中，她觉得自己只是一颗动弹不得的原子。

　　集会的场面令人震撼。礼堂的第二层观众席从三面环绕着大厅，连那上面也坐满了人，飘扬着旗帜。煤气灯耀眼的黄光照在数千张脸上。大部分听众都是男性，但让露西尔宽心的是，也有几位女性在场。礼堂最前面有一方主席台，几张桌子照例摆在那儿，还有必不可少的水杯。主席台下方有两排像是乐池座位的长座席，坐满了备好纸笔的记者。再后面的几排座位坐满了党代表、官员以及其他政治社团和机构的成员，他们身上佩戴着各自单位的徽章和绶带。莫雷特成功地请来了党内的高层人士，也成功地组织了这场劳拉尼亚最盛大的示威活动。各种反对政府的政治力量此次齐聚一堂。

礼堂内谈话声嘈杂，不时响起欢呼和爱国歌曲。突然，塔楼的钟声敲响，萨伏罗拉从主席台右侧走上来，后面跟着戈多伊、莫雷特和雷诺斯，还有改革运动的其他几名重要领导人。他穿过几排椅子，一路走到桌子另一端坐下，安静地环顾四周。一阵阵刺耳的尖叫立刻席卷了礼堂。似乎所有人的态度都不一样，有一会儿大家好像在集体欢呼，又有一会儿仿佛嘘声和怒吼占了上风。实际上，聚会者从属人数差不多相等的两个阵营。改革党的极端分子朝着萨伏罗拉怒吼，认为他参加舞会是非常恶劣的欺诈行为；较为温和的成员向他欢呼，坚信在国内动荡时期，最安全的做法是紧随他的领导。在主席台就座的其他代表和官员也都面色阴沉，缄口不语，好像在等待一个连他们自己都难以说服的解释。

　　喊声终于止住。坐在椅子上的戈多伊，起身做简短发言，他小心翼翼，尽量避开由萨伏罗拉引起的争议，仅讨论了改革运动的进展。他的发言简明扼要，可没人想听他说话。当他在结尾时宣布请"我们的领导"萨伏罗拉讲话时，听众如释重负。萨伏罗拉一直在若无其事地同右边一位代表说话，此刻他迅速转向观众起身。一个身着蓝色西装的人立即大喊："叛徒，马屁精！"他周围还有一小撮衣着相似的同伴。数百种嘘声和怒吼一齐迸发。其他人则在敷衍地欢呼。萨伏罗拉似乎开局不利，情况更加扑朔迷离了。莫雷特绝望地环视四周。

　　礼堂中人潮拥挤，闷热难耐，露西尔却目不转睛地盯着萨伏罗拉。她能看出萨伏罗拉因为压抑兴奋而微微颤抖。他的镇定只是装出来的。人群让他热血沸腾，站起来时，他的面具再也戴不住了。他等待着，苍白而认真的脸上，仿佛皱纹里都写着坚定，以看起来近乎可怖的神情面对人们的愤怒和挑衅。然后他开始讲话。起初，穿蓝色西装的人和同伴们用吵闹淹没了他的话语声。场面混乱了五分钟，之后，观众的好奇心终于战胜了其他情感，大部分人陷入沉默，都想听听他们的领导人有什么要说。

萨伏罗拉重新开始。尽管他的声音平静而慢条斯理，话语却传到了礼堂最后面。一开始，他表现出些许紧张，句子间不时地停顿，似乎在寻找合适的词语，不过这也可能是他装出来的。他说，看到这样的反应，他感到很惊讶。他没想到，胜利在望时，劳拉尼亚人民居然要变卦。身着蓝西装的人又开始了令人反感的叫喊和嘘声。但绝大多数观众更急于聆听，场面很快恢复了安静。萨伏罗拉继续发言，简要回顾了去年发生的事件：他们终于组建了政党；他们面临很强的阻力，却坚持下来了；他们威胁武装起义，并取得了一定成效；总统承诺建立更自由的议会；他们遭到背叛；士兵朝人群开枪。他这番严肃认真、深思熟虑的话语引发了一阵赞同的嗡嗡声。这些都是听众亲身经历的事件，他们也很想一同回忆。

然后他继续讲到代表团，讲到总统怎样轻蔑地对待执有选举委托书的公民代表。"叛徒，马屁精！"蓝色衣服的人又开始喊，但这一回无人应和。
"还有，"萨伏罗拉说，"我想请大家关注一件更过
分的事情。扼制媒体、射杀人民、颠覆宪法，这些
还不够。就连我们聚集在这里，基于我们不可剥夺
的权利共同探讨国事和公共政策，都要被政府雇用
的间谍打断，"他朝那个蓝衣服的人瞟了一眼，众
人发出愤怒的轰鸣，"他们恶毒的喊声侮辱的不只
是我这个自由的劳拉尼亚人，还有你们——在这里
集会、邀请我发表看法的公民们。"此时观众爆发
出愤愤不平的掌声和赞许。有人喊道："丑陋！"人
们朝肇事者的方向愤怒地望去，那些人却已经默默
分散在人海中。"任凭他们使用这些伎俩，"萨伏罗
拉继续道，"任凭我们面临种种反对，不管是威逼
还是利诱，不管是收买的打手还是残酷无情的军
队，那项事业依然让我们聚集在这里，而且已经取
得进展，并将继续向前，直到我们最终赢回古老的
自由权利，直到那些夺走我们权利的人受到惩罚。"
礼堂处处爆发出喝彩声。他的声音平稳，音量也不
大，但他的话语能为人们注入一往无前的决心。

　　抓住观众后，他又把调侃的本领用到了总统及

其同僚们身上。他指出的每一点都能赢得喝彩，引起哄堂大笑。他说起卢韦，说起他的勇气，还有他对人民的不信任。他说，也许让"暴饮暴食"的人掌管"内部"事务并非不妥，内政部长碰巧就喜欢待在"内部"，晚上不敢和同胞走在一起。卢韦的确是个笑柄：人民记恨他，鄙视他的怯懦，常常把他当作讥讽的靶子。萨伏罗拉继续称，总统不惜自己和他人的一切代价，坚持不肯退位。为了将人民的注意力从国内的暴虐行径和独裁统治上转移开来，他企图让人民卷入海外纷争，这也的确奏效，效果比他想象的还要好。现在他们卷入了一场与超级大国的对抗，这终将一无所获乃至一败涂地。他们必须派出舰队和军队，国家将付出代价。他们的财产将受损，而出征的战士和水手也会白白送命。这都是为了什么？都是为了让安东尼奥·墨拉达为所欲为，让他在国家元首的位置上寿终正寝。这个笑话并不好笑，但应该有人警告他，笑话里藏着许多实话。又是一阵闹哄哄的嗡嗡声。

露西尔听得着了魔。萨伏罗拉迎着众人的怒吼和嘘声站起来，她心生同情，甚至担心他是否会有生命危险。见他竭力说服观众，尽力完成这个看似不可能完成的任务，她惊异于这种罕见的勇气。当萨伏罗拉继续说下去，慢慢施展影响、赢得认同时，她欣喜不已，每一声欢呼都让她觉得大快人心。听到人群对索伦托的秘密警察表示不满，她也愤愤不平。现在萨伏罗拉正在攻击她丈夫，可她却没有产生丝毫敌意。

此时的观众已群情激昂，他站在舆论的潮头，把关于部长们的话题轻蔑地一带而过。他说，他们现在必须考虑更崇高的事业。他请观众们思考，他们究竟是在为了怎样的理想而斗争。他调动了人们的情绪，却又保持着不让他们肆意地爆发出热情或愤怒。他说，连最悲惨的人都有权享受希望带来的快乐，这时沉默笼罩着礼堂，只剩下他深沉动听、扣人心弦的声音打破寂静。他花了超过三刻钟来讨论社会和财政改革，用巧妙的举例、诙谐的类比、崇高而明晰的想法将踏实可行的判断传达给听众。

"当我看着这个美丽的国家，我们的祖国，我们父辈的祖国，看着它蔚蓝的海洋和白雪皑皑的群山，看着它舒适宜人的小村庄和富足的城市，看着它银色的溪流、金色的玉米地，我不禁惊异于命运的讽刺——它竟在如此美妙的风景上深深刻了一道军事独裁的黑影。"

坚定的欢呼声再次响彻拥挤的礼堂。一个小时里，他一直调动着听众的情绪，大家如火的热情一直在蹿动。他们都在脑海里搜寻着宣泄感情的途径，都想表明自己早已下定的决心。整座礼堂中此刻只剩下一个念头。他的激情，他的感染力，他的整个灵魂，似乎都传递给了他的七千名听众，他和他们仿佛在互相激励。

终于，他放手让观众宣泄。他第一次提高嗓门，他那嘹亮、强烈、富有穿透力的声音令听众震颤，把演讲带入尾声。这突然转变的风格犹如一道闪电划过，每个短句都伴随着狂热的欢呼。观众那亢奋的状态简直难以形容，每个人都如痴如醉。露西尔也在其中，无力抵抗那股强烈的激情；她的利益，她的目标，她的抱负，她的丈夫，统统被忘得一干二净。萨伏罗拉最后转向长句，它们浑厚地席卷而来。终于，他的一个个论点堆成了一整座高峰，好像把俄萨山摞到珀利翁山上[1]，所有论点都整齐地指向那一个结论。听众们早已期待着这句结语，他的话音刚落，掌声登时雷动。

然后他坐下，喝了点水，把手按在头上。这种连珠炮似的演讲感觉太美妙了。他感受到了自身情绪的震颤，身体里的每一条经脉都在鼓动，每一根神经都在颤抖。他大汗淋漓，大口呼吸。群众疯狂的喊叫长达五分钟。讲台上的代表们站上椅子，挥舞胳膊。只要他一声令下，人群定会拥向街头，向总统府挺进。索伦托精心部署的士兵们必定要消耗无数子弹，才能把他们带回物质生命的肮脏现实。

莫雷特和戈多伊提出的决议在喝彩声中通过。萨伏罗拉转向莫雷特。"啊，路易斯，我没弄错吧。听起来怎么样？我喜欢最后几句。这是我做过的最好的演讲。"

莫雷特如同瞻仰神明那般望着他。"精彩绝伦！"他说，"你拯救了一切。"

---

1　希腊的两座山。古希腊神话中，俄托斯和厄菲阿尔忒打算将俄萨山叠在珀利翁山上，企图将其作为通往上天与诸神宣战的阶梯。

聚会的群众逐渐散去。萨伏罗拉走向侧门，在一间小接待室里会见了赶来祝贺他的主要支持者和朋友们。露西尔也和人群一同拥向接待室。这时路被堵住了。两个外国长相的男子站在她面前，小声嘀咕。

"卡尔，他讲得真好。"其中一个说。

"啊，"另一个说，"我们要的是行动。现在他还算个不错的工具，但时机成熟了我们还是要换个更厉害的。"

"他很强大。"

"没错，但他跟我们不是一伙儿的。他不会同情我们的事业。他凭什么要关心一群运货的呢？"

"要说我啊，"第一个人丑陋地大笑起来，"我还是更关心一群老婆。"

"哦，那也是我们社团的宏伟大计之一。"

"等你把他们解决了，卡尔，让我做总统财产的部分产权人吧。"

他粗鄙地咯咯笑起来。露西尔打了个寒战。果真像她丈夫说的，这位伟大民主人士的党内党外还有其他势力存在。

人潮又开始流动。露西尔被推向一条小径，正好通往萨伏罗拉离开礼堂的必经之门。明亮的煤气灯把一切都照得清清楚楚。终于，他出现在台阶上方，他的马车已经停在了台阶下。人们挤在狭窄的门廊里推推搡搡。

　　"路易斯，你跟我一起，"萨伏罗拉对莫雷特说，"我先下车，然后你继续坐马车。"他也是个容易激动的人，此刻他需要理解和赞赏，他知道莫雷特会让他满足的。

　　人们一见到他，都挤了过来。露西尔脚下不稳，被推到前面一个黝黑魁梧的男人身上。这群激动的民主人士可不都懂得向女士们彬彬有礼地献殷勤。那人看也没看就把胳膊肘向后猛地一甩，正撞在露西尔胸口，痛得她忍不住发出一声尖叫。

　　"先生们，"萨伏罗拉喊道，"有位女士受伤了，我听见了。请让开！"他冲下台阶。群众让开一条路。许多双热情帮忙的手伸向露西尔，令她惊恐得无力动弹。她会被认出来的，这后果不堪设想。

　　"把她带过来，"萨伏罗拉说，"莫雷特，帮我一把。"他半背半扶地把她送上台阶，走进小接待室。正在那里讨论演讲的戈多伊、雷诺斯以及其他五六位民主派领导人好奇地围住了露西尔。萨伏罗拉扶她在椅子里坐下。"端杯水来。"他迅速说。有人递来一杯，萨伏罗拉转身递给露西尔。她不敢说话也不敢动弹，发觉无路可逃。他肯定会认出她的。不用说她也知道有什么在等着她——讥讽、羞辱、危险。当她有气无力地摆手拒绝那杯水时，萨伏罗拉也在透过厚厚的面纱盯着她看。突然他抖了一下，水从他递出的杯子中洒了出来。他一定认出她了！就是现在了——揭露真相的可怕瞬间！

"天哪，米蕾特，"他喊道，"我的小侄女！你怎么大晚上跑到这么挤的地方来了？为了听我演讲吗？戈多伊，雷诺斯，这真是给我的意外惊喜！这让我比听见全体人民的欢呼还要开心。这是我姐姐的女儿，她冒着危险躲在人群里听我讲话。但你妈妈，"他转向露西尔说，"肯定不会让你来的，小姑娘不应该自己一个人到这种地方来。我必须送你回家。你没受伤吧？要是你早跟我说，我会给你找个座位的，你就不用站在人群里了。我的马车到了吗？很好，我们最好立刻回去，你妈妈要急坏了。

晚安，先生们。来吧，宝贝。"他伸出手臂让露西尔挽住，领她走下台阶。挤满街道的人群热烈地欢呼起来，他们仰起的脸在煤气灯下照得发白。萨伏罗拉把她扶进自己的马车。"出发吧，车夫。"他说着自己也坐了进去。

"去哪儿，先生？"那人问。

莫雷特向马车走来。"我坐车夫边上，"他说，"我把你放下来以后继续用车。"萨伏罗拉还没来得及说什么，他已经爬上了车夫的座位。

"去哪儿，先生？"车夫又问了一遍。

"回家。"萨伏罗拉焦急地说。

马车上路，穿过欢呼的人群，驶入城中人们不常去的街区。

# 第十一章
# 夜的守护

露西尔靠在布鲁厄姆车[1]的垫子上，松了口气，却依然很紧张。他救了她。她满心感激，一时冲动握住了他的手，轻轻按在上面。这是他们恢复联系后第三次触到对方的手，每一次，分量都有所变化。

萨伏罗拉露出微笑："阁下冒险深入人群真是考虑欠周。所幸我急中生智。你没有被人群弄伤吧？"

"没有，"露西尔说，"有个男人的胳膊肘撞到了我，所以我叫出了声。我真不该来。"

"这里很危险。"

"我想……"她欲言又止。

"想来听我演讲。"他替她补充道。

"没错，来看看你怎么运用你的力量。"

---

1　一种驭马者的座位在车厢外的四轮马车。

"你对我这么感兴趣，真让我受宠若惊。"

"哦，纯粹出于政治需要。"

似乎有一丝笑影飘过她面庞。萨伏罗拉迅速转向她。她有什么言下之意？这句话何必说出口？看来，她心里揣摩的是另一个原因了。

"希望你没觉得太无聊。"他说。

"拥有那样的力量真是可怕。"她郑重其事地说。顿了片刻，她又问道："我们去哪儿？"

"本来是想送你回总统府的，"萨伏罗拉说，"但我们这位年轻天真的朋友坐在前面，所以还是将错就错吧，得先把他甩了再说。现在，你还是继续冒充我的侄女吧。"

露西尔望着她，面带微笑，好像被逗乐了，接着又严肃地说："你这个点子真是太妙了。将计就计，君子所为。我绝不会忘记的，你帮了我一个大忙。"

"我们到了。"马车在他家门口停下，萨伏罗拉随即说道。他打开车门，莫雷特从前面跳下来按响门铃。片刻后，老管家打开门，萨伏罗拉向她喊道："啊，贝汀，你还没睡，真是太好了。这是我侄女，她跑去集会听我演讲，被人群撞伤了。晚上我不能让她一个人回家，屋里有能睡的卧室吗？"

"二楼有一间空的，"老妇答道，"但是恐怕不能用。"

"为什么不能用？"萨伏罗拉迅速问道。

"因为床单还没透过气，那里的烟囱扫过了，也没生火。"

"哦，是吗，那得辛苦你一下了。晚安，莫雷特。你回家后能让车夫尽快回来吗？我需要向《涨潮》办公室送一些摘要，关于明天文章的。别忘了啊，尽快，我累坏了。"

"晚安，"莫雷特说，"今晚是你这辈子最棒的演讲。只要你领路，什么都挡不住我们。"

他钻进马车驶离。萨伏罗拉和露西尔走进楼上的起居室，管家忙着去给床单和枕套透气。露西尔感到好奇，饶有兴致地环顾房间。"我陷入敌营的心脏了。"她说。

"你这辈子会陷入许多心脏的，"萨伏罗拉说，"不管你是不是总统夫人。"

"你仍然坚决要把我们赶出去？"

"你听到我今晚的话了。"

"我应该恨你的，"露西尔说，"但我并不觉得我们是敌人。"

"我们分属不同阵营。"他答道。

"只有政治挡在我们中间。"

"政治和政客。"他借了一套老说辞，意味深长地补充道。

她震惊地瞥了萨伏罗拉一眼。他这话是什么意思？难道他已经看透了自己的心，透彻地看到了连她自己都不敢正视的东西？"那扇门是去哪儿的？"她突兀地问道。

"那个吗？那是去屋顶的——去我天文台的。"

"啊，带我去看看吧，"她叫了起来，"那就是你看星星的地方吗？"

"我经常看它们。我爱它们。它们启迪心智，引发思考。"

他打开门锁，领着露西尔，沿着狭窄的螺旋楼梯向屋顶平台走去。夜色撩人，劳拉尼亚的夜色总是如此。露西尔走到女儿墙边，放眼望去——整座城的灯火都在脚下闪闪烁烁，头顶布满繁星。

突然，远处海港射出一道耀眼的白色光柱。那是战列舰的探照灯，它沿着军事防波堤扫了一圈，最后停留在航道入口处的炮台上。舰队正在小心翼翼地从复杂的航道驶出海港。

萨伏罗拉因为提前得知了海军上将即将离开的消息，所以立刻明白了眼前的一切。"看那儿，"他说，"那也许会加速进程。"

"你是说舰队离开，你就无所顾忌，可以起义了？"

"我本来就没什么顾忌，只是想等待恰当的时机。"

"什么样的时机呢？"

"也许近在眼前。我希望你离开都城。未来几天，这里不是女人待的地方。你的丈夫应该明白——他为什么还没把你送到城外？"

"因为，"她答道，"我们会镇压这次叛乱，惩罚罪魁祸首。"

"不要心存幻想，"萨伏罗拉说，"我不会误判的。军队不可信任，舰队已经调离，人民意志坚定。你留在这里很不安全。"

"我不会被赶出去的，"她激动地答道，"没什么能逼我逃跑。我要和我的丈夫同生共死。"

"哦，我们会尽量避免那种轰轰烈烈的结局，"他说，"我们会为总统提供一大笔养老金，让他携娇妻退隐到某个快乐安宁的城市，让他在享受生活的同时不必剥夺他人的自由。"

"你觉得你做得到吗？"她喊道，"你的权力能唤起群众，但你能拉住缰绳吗？"她把那天晚上在人群里听到的话告诉了萨伏罗拉。"你这不是在玩火吗？"

"是的，没错，"他说，"所有我才请你离开，去乡间避避，等一切平息下来，再请你回来。很有可能我或者你丈夫会死。当然，如果我们起义成功，我会尽力救他；但是，正如你所说，还存在其他也许我无法掌控的力量。如果他占上风……"

"会怎样？"

"我猜我会吃枪子儿。"

"可怕！"她说，"你为什么非得这样呢？"

"哦，只有现在，只有好戏即将开演，我才能享受这场较量。再说，死也没那么可怕。"

"死后也许很可怕。"

"我不这么认为。生命延续，幸福必将在此消彼长中实现平衡。有一件事我敢肯定：我们可以说，未来的国家，'如果存在，将会更好。'"

"你以为全世界的人逻辑都和你一样？"

"为什么不能是同一种逻辑呢？"他说，"为什么不该是同样的法则统领整个宇宙，乃至宇宙之外呢？其他恒星的光谱显示，它们的元素跟我们的星球一样。"

"可你又以为观察星星就能知晓命运，"她半信半疑地说，"以为它们会向你吐露一切奥秘，虽然你不承认自己这样想。"

"我可没指责它们对人类的心思感兴趣，但如果它们的确感兴趣，那它们也许会泄露奇怪的秘密。设想一下，比如，要是它们可以读懂我们的心思会怎样？"

露西尔抬起眼睛，迎上他的目光。两人死死盯着对方。她倒吸了一口气。不管星星知道什么，他们已经读懂了彼此的秘密。

一阵脚步声从楼梯道传来。是老管家。

"马车回来了，"萨伏罗拉平静地说道，"你现在可以回总统府了。"

老妇人迈上屋顶，爬得气喘吁吁。"我已经给床单透过气了，"她听起来扬扬得意，"火也生得很旺了。我给这位年轻女士准备了浓汤，如果她乐意，现在就请享用，不然就凉了。"

这次打断他们的事情如此家常，让露西尔和萨伏罗拉都笑了起来。方才的尴尬被愉快地躲开了。"你总是那么能干，贝汀，"他说，"总是让每个人都舒舒服服。但那间屋子还是用不着了，我侄女怕妈妈担心她夜不归宿，等马车回来我就送她回去。"

可怜的老人家看起来非常失落。温暖的被单，温馨的炉火，一碗热汤——她喜欢让别人舒舒服服，很享受这种准备的过程，仿佛她是全权代理。她转过身，凄惨地走下窄楼梯，屋顶又只剩他们两个了。

他们坐在那里聊天，不同于刚才，两人此刻的心意已经完全相通，月亮升上高空，下方庭园中微风抚动棕榈的叶片。两人对未来都不再多想，也不怪车夫迟迟不至。

终于，车轮压过石板路的声响划破了夜的宁静，打断了他们的畅谈。

"终于来了。"萨伏罗拉淡淡地说道。露西尔起身，朝女儿墙外望去。一辆马车几乎是疾奔而来，在门口猛然停住。一个人匆匆跳下。门铃大作。

萨伏罗拉握住她的双手。"我们必须在此道别，"他说，"我们何时再见呢，露西尔？"

她没有答话，朦胧的月色也没有泄露她的神情。萨伏罗拉带路走下楼梯。刚进起居室，远处那扇门被人匆匆推开了。那是莫雷特的仆人，见到萨伏罗拉立即止步，脱帽致敬。

萨伏罗拉足够清醒，他顺手关上了身后的门，留露西尔独自一人在黑暗的楼梯上。她吃惊地等着，好在门板不厚。"先生，"一个陌生的声音说道，"我的主人命我全速赶来，亲自把信交到你手上。"接着是撕纸声，停顿，惊呼。然后萨伏罗拉开口，声音依旧沉稳，却流出压抑不住的强烈情感："非常感谢，说我会在这里等着他们。别坐马车，步行过去——等等，我来给你开门。"

她听见另一扇门打开，听见他们下楼的脚步声，然后她转开门把手走进去。一定出了什么事，突然，意外，重大。他的嗓音告诉了她这一切——奇怪，她现在竟然这么熟悉萨伏罗拉的声音！一个信封丢在地板上。桌面上——就是并排摆着香烟盒与左轮手枪的那张桌子上——放着一张纸，向上半卷，似乎正惴惴不安地守着自己的小秘密。

微妙、多变、复杂，这些才是触发人类行为的弹簧。她感到这张纸于己意义重大；她明白这内容与他紧密相关。他们有着敌对的利益，但不知究竟是为了他还是为了她自己，露西尔无法按捺住强烈的好奇心。她把这张纸抚平展开。字条不长，下笔仓促，但直奔重点："刚接到电报，施特雷利茨今晨率两千人越过边界，经图尔加和洛伦佐向此地进军。时辰已到。我已去信戈多伊和雷诺斯，请他们立即赶来。你的来自地狱的莫雷特。"

露西尔感到胸口气血翻涌，她已经开始想象火枪的声响了。时辰到了，千真万确。她仿佛着了魔，无法把视线从这张生死攸关的纸条上挪走。突然，门开了，萨伏罗拉走进来。开门的动静、她的焦灼、被抓现行的紧张，惊得她发出一声低沉而短促的疾呼。萨伏罗拉立刻明白了。"蓝胡子[1]回来了。"他讽刺地说。

"叛徒！"她用暴怒的反驳掩饰着自己，"所以你要趁夜起义，杀了我们——阴谋家！"

萨伏罗拉露出温文尔雅的微笑，他还是那么镇定自若。"我已经让信使步行离开，马车任你使用。我们已经聊了很久，都三点了，阁下不应耽搁，最好立即返回总统府。继续逗留很不明智，况且，你应该明白，我将有客人造访。"

他的平静激怒了露西尔。"没错，"她反驳道，"总统会派来客人的——派来警察。"

"他还不知道入侵的事。"

"我会告诉他的。"她答道。

萨伏罗拉轻轻地笑起来。"哦，不行啊，"他说，"这不是正当手段。"

"爱情和战争不择手段。"

---

1　法国民间故事中连续杀害多个妻子的恶棍，最后一位妻子出于好奇，趁蓝胡子外出，取钥匙打开禁门，发现其前妻被杀的秘密，恰被提前回家的蓝胡子发现。

"那这算是……"

"两个都是。"她说罢，眼泪夺眶而出。

然后他们下楼，萨伏罗拉把她扶进马车。"晚安，"他说，虽然此刻已近清晨，"再见。"

但露西尔如鲠在喉，既六神无主又不知所措，只能随着马车离去，继续伤心欲绝地流泪。萨伏罗拉关门回屋，一点都不担心自己的秘密暴露。

# 第十二章
## 战备会议


萨伏罗拉还没抽完一支烟，革命领导人便陆续抵达。莫雷特最先到来。他粗暴地按响门铃，在门口转来转去，沉重地跺着脚。门一开，他立刻大步冲上楼梯，急匆匆地赶进屋里，兴奋得浑身发抖。"啊，"他喊道，"是时候了！不是光说说，可以动手了！为了正义的事业出征，该我拔剑出鞘了。形势向着我们。"

"是啊，"萨伏罗拉说，"来点儿威士忌苏打吧。在餐具柜那边。那是鼓舞士气的好酒，应该说是最好的。"

莫雷特却有些不自在，转身走到桌边，打开苏打水的瓶子。他倒酒时，玻璃杯和瓶子碰得叮当作响，暴露了他的焦虑。萨伏罗拉轻轻笑起来。他这位急躁的追随者忽然迅速转身、开口，借爆发的情绪掩饰躁动的内心。"我一直在告诉你，"他说着，高举起酒杯，"武力才是唯一的解决方案。时候到了，如我所料。我举杯！战争、内战、战斗、杀戮、突然的死亡——让我们依靠这些，重获自由！"

"这些烟有着镇定安神的奇效。它们也不含罂粟——淡雅清新的埃及烟啊。每周都有人从开罗给我寄来。三年前，我遇到了那位制烟的小个子老人家，阿卜杜拉·拉舒安。"

萨伏罗拉递上香烟盒，莫雷特取出一支。点烟的动作让莫雷特镇静了一些，他坐下来，使劲抽了几口。萨伏罗拉盯着他，不时地看看周围缭绕的烟雾，像在睡梦中一般平静。旋即，他开口道："所以说打一仗，有人要死，你感到很高兴？"

"暴政就要结束了，我很高兴。"

"切记，我们在世间赢得的每一种快乐、每一场胜利，都是要付出代价的。"

"我甘愿冒险。"

"我相信，也希望，而且是带着我坚定的信念，祈祷厄运不会降临到你的头上。然而我们必须付出代价，这一点千真万确。生命中一切美好的事物都需要预支，跟稳健的财政计划原理相同。"

"此话怎讲？"莫雷特问。

"你想在这个世界上出人头地？那就必须在他人尽情享乐的时候工作。你渴望被人称为勇士？那就必须冒生命危险。想拥有坚定的意志或强健的体魄？那就必须抵制诱惑。这一切都要预支，这就是立足于未来的财政计划。再看看反面例子，惨痛的代价都是秋后算账。"

　　"不一定。"

　　"一定是，道理都一样：周六晚上寻欢作乐，周日早上肯定会头疼；年轻时游手好闲，到老来必定一事无成；习惯暴饮暴食，就会腆着不雅的将军肚。"

　　"你觉得我会为自己的兴奋和激情付出代价？你觉得我目前还没有付出任何代价？"

　　"你要冒险，这就是代价。通常，命运要么加倍奖赏，要么弃你而去。但面临这些险境时，人不该草率出征。命运之神总是惦记着清算日。"

　　莫雷特沉默了。纵然他勇敢得鲁莽，这番谈话也让他心里凉了半截。他没有坚韧的勇气，也不曾训练自己冷静地接受从世间消逝的威吓。他的注意力都集中在现世的努力和希望之上，就好比他被人推到了悬崖边缘，却盯着生长在那里的花花草草。

他们好一会儿都没说话，直到戈多伊和雷诺斯同时跨进门来。

面对这非同小可的消息，四个人都做出了符合个性的反应。萨伏罗拉已经用哲学把头脑武装了起来，高瞻远瞩。莫雷特激动得发颤。另两人面对迫在眉睫的危险，既不能镇定自若，也没有欢欣鼓舞。这表明他们并非乱世英雄。

萨伏罗拉亲切地迎接他们，所有人落座。雷诺斯已经被击垮了。他曾经无比信赖法律条文和判例的精致框架，然而行动的重锤砸下，将那一切撞得粉碎。突然降临的危机最先把他平日里视作坚强后盾的法律抛到了一边。"他为什么要这样做？"他问道，"他有什么权力在未经授权的情况下越界？他要逼我们所有人犯法了。我们怎么办？"

戈多伊也惊恐不已。他惧怕危险，原本避而远之，但三思后还是走上了这条注定通向危险的道路。他也料到迟早会起义，可依然坚持行进在这条路上。现在事到临头了，他战战兢兢，却始终用尊严支撑着自己。

"怎么办，萨伏罗拉？"他问道，本能地转向内心更强大的伟人。

"按理说，"这位领导人道，"没我的命令，他们本不该来。正如雷诺斯所说，他们要逼我们所有人违法了，而我们的计划，目前在某些方面还不太完善。施特雷利茨完全违背了我的命令，这笔账我以后再跟他算。眼下，互相指责毫无意义，我们必须处理问题。总统早上就会得到入侵的消息了，这里的一部分军队，我估计会受令前往边境增援政府军。我觉得被派去的应该是近卫军。其他队伍完全支持我们的事业，会拒绝出发的。若是这样，我们必须发动突袭，和我们之前的安排差不多。你，莫雷特，号召人民拿起武器。公告要印好，来复枪扛起来，公开声明发动革命。所有代表都要通知到。如果军队的士兵跟我们同仇敌忾，皆大欢喜；实在不行，你们就要战斗了——我觉得应该没多少抵抗力量。拿下总统府，俘虏墨拉达。"

"保证完成任务。"莫雷特说。

"与此同时，"萨伏罗拉继续道，"我们将在市政厅宣告临时政府成立。我会在那里指挥，你们也必须把给我的报告送到那里。所有行动都在后天实施。"

戈多伊打了个寒战，却还是同意了。"没错，"他说，"除了逃跑和等死，这是唯一的路子。"

"很好，现在我们讨论一下细节。先说公告，我今晚来写。莫雷特，你必须把它印出来，明早六点前准备好。然后准备聚集、武装群众的安排，等我给出书面指令再行动。你，雷诺斯，必须召集临时政府的成员。印好公共安全委员会的章程，为明晚下发做准备，不过也一样，先等我消息。主要取决于军队的态度，但一切都得准备好。我相信，我们不必担心结果。"

密谋的细节问题，起义领导人都已经烂熟于心——虽说这是一场密谋。几个月来，他们一直视武力为结束政府可憎统治的唯一途径。萨伏罗拉这种人绝不会在没有做好最充分的准备之前就投身于这样的事业。他们没有遗漏任何一个细节，革命一触即发。而且，尽管密谋的规模浩大、计划周密，总统和他的警察们却从未得到任何可靠消息。他们几个月前就已经意识到危险，担心起义会随时爆发，却完全无从得知私下串联何时结束、公开叛乱何时开始。密谋的主要领导人都有显赫的社会地位，在欧洲也有较高知名度，所以总统很难在毫无证据的情况下逮捕他们。无凭无据的逮捕只会进一步激怒群众，因为总统相信，若不是受到政府行为的刺激，人民是不会发动叛乱的。倘若他们真的叛变，单单是萨伏罗拉、莫雷特等人就足以填满国家的监牢。的确，免他们一死，他们该知足了。

但萨伏罗拉明白自己的处境，带着十足的技巧，熟练地操纵这场游戏。他们那场盛大的游行鼓动了群众，也在总统面前掩饰了他们真正蓄谋的暴力。最终，准备工作接近尾声。这只是时间问题，施特雷利茨的冲动不过是加快了进程。既然烟花的一角不小心着火了，那只好顺势而为，全部点燃。

他花了近一个小时，继续梳理计划的细节问题，确保万无一失。一切终于安排停当，尚未正式成立的公共安全委员会结束了会议。萨伏罗拉亲自送他们出门，他不想吵醒老保姆。一群野心勃勃的人在准备斗争，为什么要让一位可怜的妇人感受到那种紧张气氛呢？

莫雷特热血沸腾地离开了，其他人一脸阴沉，心事重重。他们的伟大领袖关上门，沿楼梯回到卧室。这是他当夜第二次上楼。

　　回到房间，第一缕晨曦透过窗帘的缝隙照进来。屋子沉浸在灰白的光线中。喝剩了一半的玻璃杯，满满的烟灰缸，看起来就像徐娘半老、残留着昨夜艳俗脂粉的女子被无情的朝阳唤醒。现在入眠为时过晚，但他疲惫不堪——那是睡意全无的疲惫。他感到恼怒而沮丧。生活似乎不尽如人意，好像缺了点儿什么。一切推论都基于抱负、责任、激情或声名，而最纯粹的空虚感依然留下了某种无法消化的渣滓。这一切究竟有何用？他想起寂静的街头。几小时内，那里将回响着噼噼啪啪的火枪声。支离破碎、鲜血淋漓的可怜人会被抬到附近的房门口，女人们会吓得丢掉了慈悲心，匆匆掩上门。还有一些人，将从实实在在的地球上消失，离开人类视野，进入未知无形的抽象世界，面带责备的神情，软绵绵地躺在石板路上。这都是为了什么？他找不到答案。他对自己行动的歉意，与大自然对人类物种的存在应抱有的深重歉意合二为一。是的，他自己也可能在战斗中死去。这个念头一起，他便开始憧憬这种突变，怀揣新鲜的好奇感，也许还有随之而来的顿悟。这种反思消减了他对人类肤浅雄心壮志的不满。生命的音符跑调时，人应该用死亡的音叉来调音。只有听到那清晰险恶的音调，心中对生命的热爱才最为真切。

所有陷入这种思绪的人，都会被残酷的真相拉回现实。他想起还有公告没写，于是一头扎进那无数淹没了生存的细节中，暂时忘却了生命的贫瘠。所以，他坐下动笔，而窗外的太阳正在升起，惨淡微暗的晨曦已经变得越来越亮，闪耀出明朗温暖的光线。

# 第十三章
## 当局行动

　　总统府的私人早餐厅地方不大，但十分气派。墙上悬有挂毯，门上古代兵器排出精美的图案。高大的落地窗嵌在墙上，明亮的晨光被厚重的深红色帘幕滤去了几分锋芒。它和这栋建筑中的其他部分一样，昭示着官邸的庄重。窗外是一片石头露台，穿过落地窗即可暂别殿堂的金碧辉煌，欣赏那座美丽精致的庭园，繁茂的绿树和高挑的棕榈之间，露出海港波光粼粼的水面。

　　这是一张双人早餐桌，小巧舒适，餐具整齐摆放。劳拉尼亚共和国提供给政府首脑的开支十分充足，这种老传统让总统享受优雅奢华的生活方式，享用上好的银器、鲜切花和顶级大厨。在发生了之前那场载入史册的事件后，次日清晨，墨拉达与妻子共进早餐时愁云满面。

　　"坏消息。又是讨厌的坏消息，亲爱的。"他说着坐下，把一大摞文件放在桌上，示意侍者出去。

露西尔舒了口气。到底还是用不着她来告诉墨拉达那个秘密。"他行动了吗?"她脱口问道。

"是啊,昨天夜里,但我会叫停的。"

"谢天谢地!"

墨拉达惊讶地盯着她。

"你在说什么呢? 海军上将和舰队不能执行我的命令,你为什么那么高兴?"

"舰队啊?"

"老天! 你以为我说的是什么?"他不耐烦地问。

自圆其说的机会恰好出现了。她没理会总统的问题。"舰队停下了,我很高兴,是因为我觉得我们需要舰队回到这儿来。现在这座城市那么不安稳。"

"哦,"总统迅速说道。他起疑心了,露西尔想。为了给自己的撤退打掩护,她问:"为什么要让他们停下呢?"

墨拉达从文件中抽出一张通讯社电报。

"塞得港,九月九日,清晨六时,"他读道,"英国蒸汽运煤船莫德号,一千四百吨,今晨在航道搁浅致交通阻塞。正全力清理航道。据称，事故因昨夜吃水极深的英国皇家海军舰艇'侵略者'号通过时引发的泥沙淤积所致。"他补充道，"他们很懂行，这些英国猪。"

"你觉得他们是故意的？"

"当然是故意的。"

"但舰队还没到。"

"明晚就能到。"

"但他们为什么要趁现在堵航道——为什么不等等？"

"我觉得他们就是不想演成一场闹剧。现在法国人会等到我们进入航道口的时候，干净利落地让我们吃闭门羹。但英国外交部不在乎他们造成的影响。再说了，这样看起来更自然。"

"性质太恶劣了！"

"听听这个。"总统说，他不再掩饰焦躁，从他那摞文件中揪出另一张纸。"大使发来的，"他说着，开始念道，"英国政府已向红海以南的军官们下令，各个英国装煤港须为劳拉尼亚舰队提供一切支持，以当地市场汇率向他们提供燃料。"

"这是侮辱。"她说。

"这是猫玩耗子。"他愤愤地附和道。

"你打算怎么办？"

"怎么办？生闷气，抗议，但还是要妥协。我们还能怎样？他们的船就在那里，我们的被截断了。"

一阵沉默。墨拉达边读文件边继续吃早饭。露西尔的决心又回来了。她会告诉他的，但她要讲条件：必须不惜一切代价保证萨伏罗拉的安危。"安东尼奥。"她紧张地说。

总统的情绪坏到了极点，他继续读了一会儿，然后猛地抬起头。"嗯？"

"我必须跟你说件事。"

"哦，怎么了？"

"我们受到了严重威胁。"

"我知道。"他短促地答道。

"萨伏罗拉……"她欲言又止，举棋不定。

"他怎么了？"墨拉达问，突然来了兴趣。

"如果你发现他谋反，秘密策划革命，你会怎么做？"

"我十分乐意开枪打死他。"

"怎么，不审判吗？"

"哦，不！军事法庭会热烈欢迎并且审判他。他怎么了？"

情况不妙。露西尔又需要找个台阶。

"他……他昨晚发表演讲了。"她说。

"没错。"总统不耐烦地接话。

"嗯。我觉得演讲极具煽动性。我听到街上的人群欢呼了一晚上。"

墨拉达厌恶地看着她。"亲爱的，你今天早上傻透了。"他说罢又回到报纸上。

沉默持续了许久，直到被米格尔打破，他拿着一封打开的电报匆匆走进来。米格尔径直把电报递给总统，但露西尔可以看出他浑身发抖，不知是出于仓促、激动还是恐惧。

墨拉达漫不经心地打开那张纸，在桌上抚平，又立刻从椅子上跳起来。"老天啊！什么时候来的？"

"刚才。"

"舰队，"他喊道，"舰队，米格尔，一秒都不能耽搁！召回上将！必须立刻回来。我来写电报。"
他匆匆离开房间，那条消息在手里捏作一团。米格尔紧随其后。他在门口找到一名仆从。"快请索伦托上校，立马赶来。去！走啊！跑！"见这人毕恭毕敬地缓缓离开，总统又大声催促。

露西尔听到他们步履匆匆地穿过走廊，远远地把门摔上。一切又恢复沉寂。她知道电报的内容。悲剧从天而降，砸在每个人头上，等这场戏走向高潮，她必受重创。但她本打算告诉她丈夫的，想到这里她感到欣慰——然而同样让她欣慰的是，她终究没说出口。傲慢的评论家也许会冷嘲热讽道，萨伏罗拉之所以相信自己的秘密不会泄露，毕竟是有理有据的。

露西尔回到起居室。未来在眼前飘忽不定，她感到恐惧。倘若叛乱得逞，她和丈夫不得不仓皇逃亡；倘若被镇压，结果似乎更令她惊惶。有一点很明确：总统会立即送她出城，去往安全的地方。何去何从？尽管心中满是疑虑和矛盾，还是有一种更强烈的渴望占据了上风——要再见萨伏罗拉一面，向他道别，告诉他自己没有告密。但这不可能。种种焦虑吞噬着露西尔，她漫无目的地在屋里徘徊，等待事情朝着不愿接受的方向发展。

此时，总统和他的秘书已经来到总统办公室。米格尔关上门，两人面面相觑。

"还是来了。"墨拉达长叹一口气。

"时机不妙。"秘书回答。

"我会赢的，米格尔。靠我的命运，我的运气，我会挺过去的。我们要把他们打垮。但有不少事情要做。现在给我们塞得港的特工写封电报，打开发报线路，要加密：'立即发给通讯快船特许执照，亲自去见八日凌晨率舰队离开的德梅洛上将。句号。以我名义令他全速返回。句号。不惜成本。'现在发出去。运气好的话，明晚舰队就回来了。"

米格尔坐下，开始加密电文。总统在屋里情绪激动地来回踱步，他拉响铃铛，一位仆人进来了。

"索伦托上校来了吗？"

"没有，阁下。"

"派人去，请他立刻过来。"

"已经派人去了，阁下。"

"再派一次。"

那人消失了。

墨拉达又拉响铃铛。他走进门廊找到那仆人。

"传令骑兵在吗？"

"在，阁下。"

"写完了，米格尔？"

"拿去，"秘书说，起身把消息交给吓呆的侍者，"立刻发掉。"

"快去。"总统喊道，一巴掌拍在桌上。那人逃出办公室。疾驰的马蹄声稍稍缓解了墨拉达的焦虑。

"米格尔，他昨晚九时越过边界，破晓时应该就到图尔加了。我们那里有一支驻防部队，人数不多，但足以牵制敌人进军。怎么没听到消息？电报是从巴黎来的，外交部长发的。我们按理说应该从……谁是那边的指挥官？"

"我不清楚，阁下。上校会直接过来。但在这种时候突然安静绝非好事。"

总统咬紧牙关："我信不过军队，他们都可能叛变。这是一场可怕的游戏。但是我会赢的，我会赢的！"他自言自语地重复了几遍，好像在给自己打气。说这话时，他的劲头比信念更足。

门开了。"索伦托上校。"传达员宣布道。

"看看这个，老伙计，"墨拉达随和地说道，他感觉自己这时候更需要朋友而非下属，"施特雷利茨入侵了。他昨晚率两千人还有几台马克沁重机枪越过边界，经图尔加和洛伦佐向首都进军。图尔加的指挥官没发来消息。指挥官是谁？"

索伦托是那种典型的军人，除了承担责任，其他的都无所畏惧。无论在战场上还是政府里，他都听命于总统多年。倘若独自一人听到这消息，那无疑是晴天霹雳；但他现在正追随领导，所以只需听从命令，以军人的精准严格执行。他没有露出惊讶的表情，只是思考片刻，随即答道："德洛克少校。他有四个连——优秀的军官——他这个人信得过，长官。"

"但军队呢？"

"这完全是另一码事。我之前已经向你汇报了几次，长官，整个陆军都军心动荡。只有近卫军靠得住，当然，军官们也信得过。"

"嗯，到时候就知道了，"总统不屈不挠地说，

"米格尔，拿地图来。索伦托，你了解野外地形。图尔加和洛伦佐之间，布莱克峡谷必须守住。看这里，"他指着秘书展开的地图说，"我们必须在这里截住他们，至少牵制住，等舰队回来。洛伦佐那边有什么？"

"一个营，两台机枪。"军政部长答道。

总统在屋里转了一圈。他习惯迅速做出决策。"一个旅肯定够了，"他说着，又走了一圈，"立刻用火车把近卫军的两个营运往洛伦佐。"索伦托已经打开笔记本，开始记录。"还有两个野战炮兵连，"总统说，"哪两支队伍可以，上校？"

"一连和二连可以。"索伦托说道。

"加上近卫军长矛轻骑兵。"

"都派去？"

"没错，都派去，留几支分遣队做勤务兵就行。"

"那你只剩一个信得过的营了。"

"我知道，"总统说，"这样是很冒险，但这是唯一可行的方案。现在驻守城里的线列步兵团呢？最差的是哪几个？"

"三团、五团、十一团，这是我们最不放心的。"

"那好，我们把他们送走。让他们今天就向洛伦佐行军，在出城十五公里开外找个地方驻扎，作为预备队。指挥官是谁？"

"罗洛，长官。"

"那个傻瓜、化石、老顽固。"总统喊道。

"傻是傻，却很可靠，"索伦托说，"他不想干大事，所以信得过。他只会遵守命令，别无他求。"

墨拉达仔细思量这一重要的军人特质。"很好，把预备队给他，他们不用作战。但另一件事性质不一样。让布里恩兹来。"

"为什么不用德罗甘？"军政部长提议道。

"我受不了他老婆。"总统说。

"他在音乐方面也很有造诣，长官。"米格尔插话道。

"会弹吉他，悠扬动听。"他欣赏地摇摇头。

"还有顶级大厨。"索伦托补充道。

"不，"墨拉达说，"这是生死攸关的事，我不能纵容自己的偏见，也不能纵容你们的。他不合适。"

"一个好参谋能够很好地引导他，长官；他生性平和，易受影响。他是我的好友，家宴总是会摆出一桌好菜……"

"不行，上校，不能这样。我不能用他。时局险恶，我的名声，我的人生机遇，准确说是我活命的机会，都有危险，这种时候，我或者其他谁可以根据这种理由下令吗？如果条件差不多，我任你挑。但布里恩兹强多了，必须让他来。还有，"他补充道，"他没有令人生厌的老婆。"索伦托看起来非常失望，却也没继续争辩。"嗯，就这么定了。细节都交给你了。参谋长和所有其他职务都由你任命。但军队必须在正午前出发。我会亲自去火车站鼓舞士气。"

军政部长鞠了一躬离开。总统给了他这些无足轻重的任命权，让他感到了一丝安慰。

墨拉达将信将疑地看着秘书。"还能做点什么？城里的革命者还没有动作，是吧？"

"他们还没动静，先生——还没出什么可以治罪的事。"

"可能他们也很意外，同样没准备好。一旦出现公开武装暴动或挑衅行为，我就逮捕他们。但我们必须掌握证据，这不是为了一己私欲，而是为整个国家考虑。"

"这是紧要关头，"秘书说，"倘若此时，暴乱的煽动者突然声名扫地，或者他们做出言行不一的蠢事，舆论风向就会急剧变化。"

"我在想，"墨拉达回答道，"要是我们能打探到他们的计划就好了。"

"你告诉过我，尊夫人已经答应向萨伏罗拉先生打探情报了？"

"想到他们两人之间会有任何形式的密切接触，都叫我不舒服。也许这很危险。"

"可以让他的处境更危险。"

"什么意思？"

"像我之前说的那样，将军。"

"你指的是我不许你再提的那件事吗，先生？"

"当然。"

"现在这时候？"

"不然就没机会了。"

一阵沉默。他们继续处理早上的公务。两人都忙了一个半小时，然后墨拉达开口了："我讨厌做这种事，真恶心。"

"迫不得已。"秘书精炼地总结。总统刚准备回答，一位文员拿着一封解码的电报走进来。米格尔从他手里接过，读罢递给上司，冷冷道："这也许会帮你下定决心。"

总统看着消息，脸色变得严酷起来。电报来自图尔加的军需官，简短却骇人：士兵已杀死军官，投靠入侵者。

"好吧，"墨拉达终于说，"今晚我需要你陪我完成一项重要的任务。我会带上一名侍从武官。"

"遵命，"秘书说道，"目击者是有必要的。"

"我应该带枪。"

"可以带枪，但只用于威胁。只用于威胁。"秘书认真地说，"他太强大了，切不可直接动武，那会立刻激起人们暴动。"

"我知道，"总统草草回了一句，又带着强烈的怨恨补充道，"但那件事不会出问题的。"

"无论如何都不会。"米格尔说罢继续写。

墨拉达起身出去找露西尔，努力咽下那股呛住他的恶心感。他现在拿定主意了。没准这就能扭转他在权力斗争中的不利局面，况且，其中还带着复仇的意味。他想看到骄傲的萨伏罗拉卑躬屈膝地匍匐在他脚下求情。所有政客，他心里暗想，肉体上都是懦夫——对死亡的恐惧足以把他们吓瘫。

丈夫进屋时，露西尔依然在起居室里。她一脸紧张地迎了上来。"怎么了，安东尼奥？"

"我们遭到入侵了，亲爱的，一大队革命军。图尔加的驻防部队已经变节，还杀了自己的军官。马上就要完了。"

"太可怕了。"她说。

"露西尔，"他带着少有的温柔说道，"还有一线希望。如果你能打探出这座城市的暴动领导人有何打算，如果你能引诱萨伏罗拉吐露计划，我们就能保住地位，战胜敌人。你——你愿意帮忙吗？"

露西尔的心怦怦直跳。正如他所言，还有一线希望。她也许能挫败阴谋，同时替萨伏罗拉留下余地；她也许还能继续统治劳拉尼亚；她还可以拯救自己深爱的人——尽管这个念头被她竭力压抑。她思路明确：获取情报，以萨伏罗拉的生命和自由作为交换条件，交给她丈夫。"我来试试。"她说。

"我知道你不会让我失望的，亲爱的，"墨拉达说，"但时间紧迫，今晚就去他的住处见他。他一定会告诉你的。男人无法抗拒你的魅力，一定可以的。"

露西尔反复思量。她心中暗想："我要拯救这个国家，辅佐我丈夫，"又默默反驳，"你又能见他了。"然后她大声说了出来："我今晚就去。"

"亲爱的，我一直很信任你，"总统说，"你的功劳我一定铭记在心。"

然后墨拉达匆匆离开，出于悔恨——还有羞愧——而浑身发颤。这真可谓先忍辱而后争胜了。

# 第十四章
## 试探军心

劳拉尼亚共和国的军队肩负着双重使命：保卫领土免受外来入侵，维持内部法律秩序。睿智的先贤根据一定的比例安排编制，把军队的功用限制在上述范围之内，防止大规模对外征服、干涉邻国内政等侵略行为。战斗部队由四个骑兵团、二十个步兵营以及八个野战炮兵连组成。此外，还有共和国近卫军，包括一个长矛轻骑兵团和三个作战经验丰富的强大步兵营，他们以严明的军纪维护国家的权威，用整肃的军容捍卫国家的尊严。

这是座伟大的都城，财富、人口，以及一旦动荡造成的影响，其他所有城镇加起来都不能及。近卫军以及全国半数军队都守卫在此，其他部队则分散在乡间较小的营区和边防线上。

总统曾为巩固战士忠心做了许多努力，一朝之间却尽数付之东流。革命运动的影响已在军中迅速扩展。如今，军心动荡，军官们感到，手下们只会遵守称心如意的命令。近卫军可不一样——几乎全体战士都参与了几年前的内战，都曾在总统的率领下走向胜利。他们尊重、信任曾经的长官，也深得他的尊重和信任。实际上，他对这队人马的青睐也许正是其他士兵感到疏远的原因之一。

在这紧急关头，墨拉达要派去抵御入侵的，正是这支近卫军的大部分战士。他十分清楚，城中群众随时可能起义，让这支唯一可靠的军队离开自己非常危险。但他必须不惜一切代价阻止入侵者，而只有这支实力过硬、忠心耿耿的近卫军可以完成任务。他将置身于厌恶他的群众之中，孤立无援。过去，他用冷酷统治着这座城市；现在，他的安全却托付给了随时可能哗变的士兵。这形势不容乐观，却也闪现着一丝成功的希望。这样的军事部署就是为了展现自信，以期拉拢摇摆不定的人，兴许还可以震慑敌人。然而那些只是他自己设想的额外收获。该计划的真正目的还是为了应对燃眉之急，毕竟保卫祖国领土是政府的第一要务。他毫不怀疑，凭借这支队伍的强大战斗力，一定能够驱逐乃至摧毁这群越界的暴徒。这样，边境危机至少可以解除了。两天后，舰队就会抵达，那些令人又敬又畏的巨炮或许能继续维持政府的统治。而这两天之内最为危险。他希望能够安然度过——既有赖于他本人的魄力，也期盼着那可怖的对手掉进自己挖下的陷阱，彻底堕入他人的嘲弄与蔑视中。

十一时，他准时离开总统办公室，打算换上一身戎装，好让军人们记起他也曾是久经沙场的战士。

蒂罗中尉出现在门口，看起来很焦虑。"长官，"他说，"你会派我带我的中队去前线吧？我在这里没什么好做的。"

"正好相反，"总统答道，"这里有很多事情需要你做。你必须留下。"

蒂罗的脸色瞬间转白。"长官，我恳请你派我去前线。"他诚恳地说。

"不可能，我需要你留在这里。"

"但是，长官……"

"哦，我知道，"墨拉达不耐烦地说，"你想吃枪子儿。待在这里，我保证你完事前能听到许多子弹嗖嗖飞过去。"他背过身去，但这位年轻的军官面露的苦涩与失望让他停了下来。"还有，"他试着表现出大人物的那种魅力，补充道，"我需要你执行一项艰巨而危险的任务。你是我特意挑选出来的。"

中尉不再说话，但这种安慰并不能完全让他宽心。他悲伤地忆起绿色的乡野、锃亮的刺刀、噼啪的来复枪响，还有战场上的各种趣闻和乐事。他该错过多少啊！他的朋友们都会上前线，而他却不能一同冒险。他们日后会有关于征途的话题，而他却不能参与。他们会嘲笑他是总统府的"家猫"，说他是个侍立的花瓶。正哀叹时，远处一声号角像鞭子似的抽醒了他。是骑兵上马的命令——近卫军的长矛轻骑兵出发了。总统匆匆离开换装，蒂罗下楼去牵马。

墨拉达很快就准备好了，在总统府的台阶上与他的侍卫会合。一小队骑兵护卫着他们前往火车站，经过许多面色阴沉、目光轻蔑的市民身旁，有的人甚至愤怒地朝地上吐口水。

总统到达时，炮兵部队已匆匆开走，但其余士兵还没登上列车，他们在站前空地整队，骑兵呈密集队形，步兵呈四路纵队。率军的布里恩兹上校骑马停在最前面。他向总统致意，乐队奏共和国国歌，步兵整齐地举枪致敬。总统郑重地称赞他们训练有素。随后，士兵扛起步枪，他纵马走向士兵。

"你的队伍十分出色，布里恩兹上校，"他面对上校，却提高音量，好让全体战士听见，"共和国无比信任你的指挥，信任他们的勇气，所以将国家的安全托付给你们。"然后他转向队列："战士们，你们中的有些人应该还记得，曾经有一天，我令你们为祖国和自己的荣光而战。索拉托大捷名留青史，那一天，你们响应了我的号召。此后，我们一直安享和平。是你们用刺刀夺来桂冠，为我们保驾护航。现在时过境迁，有人向我们的胜利发出挑战，挑战它的那帮乌合之众总是对你们冷眼相看。摘下曾经的桂冠吧，近卫军战士们，用冰冷的刺刀夺取新的桂冠。我再次令你们出征！看到你们的队列，我坚定地相信，你们必会凯旋。再会，我的心与你们同在，领导你们是我三生之幸！"

在军队的高呼声中，他与布里恩兹还有几名高级军官握手，一些士兵出列围在他身边，还有的把头盔顶在刺刀上，激动地期盼着战斗。然而，一旦欢呼停止，围观者中立刻响起尖锐的嘘声，如同喝了声倒彩，接着又被喧哗声淹没——不祥的预兆！

与此同时，在城市另一头，线列步兵团的士兵们满心不悦。作为预备队，他们与忠心耿耿、纪律严明的近卫军形成了鲜明对比。

不祥的寂静笼罩了兵营。士兵们乖戾阴沉地走来走去，没有一丁点收拾包袱预备出发的迹象。他们有的成群结队地在练兵场和驻地周边的廊柱下闲逛，还有的坐在简易床上郁郁寡欢。纪律是一种难以打破的习惯，可这些人却铁了心要打破它。

这些信号并没有逃过军官们的眼睛，他们紧张地悬着心，等待检阅的时刻到来。

"别把他们逼得太狠，"索伦托曾对上校们说，"对他们温和一点。"这些上校各自承诺，要用性命为手下的忠诚担保。但无论如何，队伍能不能令行禁止，总需要试一试。第十一团最先收到行军令。

号角声清脆欢畅，军官们迅速佩上剑，戴好手套，回到各自连队。大家会听令吗？现在还不知道。他们紧张地等待着。士兵们三三两两地曳步走进队列。终于，整个团排好了队，近乎完整——也就是说，缺席者不少。军官各自检视部下。队伍看起来很邋遢，衣衫不整，装备没有清理干净，军容极其懒散。但中尉们并不关心，他们沿着队列检视，有不少话想对士兵说，于是善意地调侃了几句。但回敬他们的却是令人生畏的沉默，并非出于纪律或敬重。片刻后，"各就各位"响起，各连转移至阅兵场，整个队伍很快列在了兵营操场中央。

上校骑在马上，戎装威武，副官陪在身边。他沉着地检阅眼前的队列，从仪态举止上丝毫看不出有怎样的忧虑悬在他的脑海中。副官绕着队列骑马慢跑收集汇报。"全体到齐，长官。"连长们报告，但其中几位声音发颤。随后他回到上校身边归位。上校望着他的团，全团望着上校。

"全体——立正！"他喊道，战士们并拢脚跟，发出一阵咔嗒声。"排成——四路纵队！"

口令的声音洪亮而清晰。听到命令，约有十二名士兵本能地行动——动了一点点。他们环顾四周，又迅速收脚。其他人寸步未挪。紧接着，一阵漫长而可怕的沉默。上校脸色铁青。

"战士们，"他说，"全体听令，牢记我团的光荣。排成——四路纵队！"这次，没有一个人动弹。"全体听令，"他绝望地大喊，尽管继续下令是多此一举，"排成四路纵队前进。齐步——走！"

这支队伍依然纹丝不动。

"勒孔特上尉，"上校说，"你们的连副是谁？"

"巴尔夫中士，长官。"上尉答道。

"巴尔夫中士，我命令你前进。齐步——走！"

这名中士情绪激动得浑身颤抖不止，脚下却一步不动。

上校想了想，打开弹药袋，取出左轮手枪。他仔细地看着，似乎在检查有没有擦干净，然后扳起击锤，纵马走近这个反叛分子。他在距离五米处停下，瞄准。"齐步——走！"他用低沉的声音胁迫道。

显然，事情即将无法收场，但藏在营房大门拱道里的索伦托目睹了一切。千钧一发之际，他骑进操场，坐骑小跑着接近了士兵。上校放下手枪。

"早上好。"军政部长说道。

这名军官收起武器，行了个军礼。

"这个团准备动身了？"不等回答，他又补充道，"不错的队伍，但今天用不着出发了。总统希望战士们临行前好好休息一晚，"然后提高嗓门道，"总统还觉得，他们应该喝一杯，敬共和国胜利、祝敌人惨败。可以让他们解散了，上校。"

"解散。"上校说，他甚至不想按照规矩走完解散流程，因为不想冒险。

队列四散而去。整齐的队伍散成一大群，士兵们鱼贯走向营房。只有军官们还留着。

"我应该打死他的，长官，一秒都不会多忍。"上校说。

"没意义，"索伦托说，"朝一个人开枪没意义，这样只会激怒他们。明早我在这里摆两台机关枪，到时候我们再看。"

一阵嘈杂的欢呼席卷而来，打断了他的话。他猛地转身望去。战士们差不多都回到营房了——一个人被战友举在肩头，其他人围成一圈，甩着头盔，挑衅地挥动来复枪，热烈地欢呼。

"就是那个中士。"上校说。

"看出来了，"索伦托愤愤地答道，"我猜他是个受欢迎的人物。那样的军士有很多么？"上校没有回答。"先生们，"军政部长对那些在操场逗留的军官说道，"我建议你们还是回自己的营房去吧。你们在这里很容易被当成靶子，我记得你们团尤其擅长射击。我没说错吧，上校？"

讥笑过后，他骑马掉头离开。恼怒和忧虑搅得他心烦意乱，而劳拉尼亚步兵第十一团的军官们则各自回到营房，颜面尽失，直接面对着即将到来的危险。

# 第十五章
# 意外来客

这一天，萨伏罗拉忙碌而兴奋。他接见从众，下发指令，奉劝急躁者按捺冲动，激励软弱者拿出斗志，鼓舞怯懦者勇敢面对。一整天，他不断地接到关于军队反应的消息和汇报。近卫军离开了，预备队拒绝行军，这些都是振奋人心的好消息。他担心，既然那么多人都知道了密谋，政府密探不久也该知道了。综合多方因素考虑，他感到是时候了。他详细制订的计划已经付诸行动。虽然弦绷得很紧，但准备工作终究完成了，革命党派集中全部力量，做最后一搏。戈多伊、雷诺斯等人齐聚市政厅。黎明时，临时政府将宣告成立。莫雷特肩负着发动人民起义的重任，在家中向他的特工传令，张贴公告等任务都已安排妥当。一切准备就绪。密谋的一切都取决于那位领导人，是他绞尽脑汁地构思计划，费尽心力地鼓舞追随者。此刻，他坐在椅子上向后靠去。他需要，也想要片刻的休憩，静静回顾自己的计谋，查看是否有漏洞，镇定精神。

壁炉里生着一小团明亮的火焰，周围都是烧成灰烬的纸片。整整一小时，他都在向这堆火投食。他生命中的一段旅程结束了。也许还有下一段，但总要先走完这一段再说。来自友人的信，对方或已亡故，或已生疏；贺信，满纸溢美之词，激励了年少时的雄心壮志；伟人或美人的信，同样难逃被烧毁的命运。何必将这些记录留给无法共鸣却满心好奇的后辈？如果他死了，世人会把他遗忘，很好；如果他活下来了，他的人生将进入史学家的研究范畴。只有一张字条免于劫难，放在他旁边的桌上。那是露西尔邀请他前往舞会的附信，这是他收到的唯一一封来自她的信。

字条在他指间展开，他的思绪从繁忙而严酷的现实生活中飘远，飘到她那相通的灵魂和美丽的面庞上。那一段也结束了。他们之间横着一道高墙。无论起义的结果如何，她都将与他形同陌路，除非——那个可怕的"除非"寄寓了十恶不赦的暗示，令他的思考望而却步，仿佛不慎触到污泥，赶紧缩回了手。那种罪孽与人类的共同利益相背，与生命的现象本身不符。那是种至死方休的耻辱，只能以死谢罪。然而他对墨拉达恨之入骨，也不再逃避这个让他生恨的缘由。可是想起这个缘由，他又回到了柔和的心绪中。他还能再见到她吗？单是听到这个名字都会让他愉快。"露西尔。"他悲伤地低语道。

外面传来一阵急促的脚步声。门开了，她站在他面前。他没作声，却惊得一退。

露西尔看起来十分窘迫。她的任务性质很棘手。实际上，她思绪混乱，或者说，是不打算清醒过来。她是为丈夫而来，她暗自想道，但她脱口而出的，却是真实的理由。"我来是想告诉你，我没有告密。"

"我知道——我从没担心过。"萨伏罗拉说。

"你怎么知道的？"

"我还没有被捕。"

"是啊，但他起疑心了。"

"什么疑心？"

"怀疑你秘密背叛共和国。"

"哦！"萨伏罗拉舒了口气，"他没有证据。"

"明天也许就有了。"

"明天就晚了。"

"晚了?"

"没错,"萨伏罗拉说,"游戏今晚开始。"他拿出手表,十点四十五分。

"十二点时,你会听到起义信号。坐下吧,我们聊聊。"

露西尔哀伤地坐了下来。

"你爱我,"他用平稳的声音说,面无表情地看着她,好像他俩的关系纯粹是个心理问题而已,"我也爱你。"没有回应,他继续道:"但我们必须分开。在这个世界上,我们之间隔着障碍,我也找不到消除的办法。我会用余生想念你,没有其他女人能填补这个空白。我还会坚持自己的抱负,一直都会。但爱情将与我形同陌路,或者说,只能在愤怒和绝望中体会。我将与爱情保持距离,爱欲也会因此和那些纸张的灰烬一样了无生意。你呢——你能忘了吗?我可能会在接下来的几个小时内死去。如果我死了,别为我哀恸。我不希望有人记住我的曾经。如果我做过什么事情,让这个世界更快乐、更欢畅、更舒适，那么我希望世人记住这些事情本身。如果我曾说出了什么超越了人类生存、世事变迁的思想，为生命的意义锦上添花，或者让死亡不再阴沉，那么我希望世人说：'他讲过这句话'或'他做了那件事'。忘了这个人，但也许能记住他的成果。也请你记住，你曾认识这样一个人，在这宇宙的谜团中，与你心心相印。然后忘记我。从你的宗教中寻求慰藉吧。期待遗忘的一刻，好好生活，抛下过去。你可以吗？"

"不可以！"她动情地答道，"我绝不会忘记你的！"

"我们都是差劲的哲学家，"他说，"我们和我们的理论，都经不起痛苦与爱情的戏弄。我们无法战胜自我，也无法超越自己的形态。"

"我们何苦要尝试呢？"露西尔低声耳语道，眼中闪烁着疯狂。

他看见那眼神，不禁一阵颤抖。接着，他不能自已地喊道："天哪，我是多么爱你！"还没等露西尔下定决心，甚至还来不及考虑，两人已相拥而吻。

门把手突然被拧开。两人都惊得往后一退。砰的一声，门板甩开，总统出现了。他身着便装，右手背在身后。米格尔从黑暗的走廊里跟了进来。

沉默。片刻后，墨拉达的怒火喷涌而出："所以说，先生，你还在用这种方式攻击我——懦夫，无赖！"他端起左轮手枪，瞄准敌人。

露西尔猛然感到世界崩塌了，震惊而恐惧地栽进沙发里。萨伏罗拉起身直面总统。他让露西尔见识到了勇气——他挡在武器和自己之间。"把枪放下，"他坚定地说，"然后我会给你一个解释。"

"我会放下的，"墨拉达说，"先等我把你杀了。"

萨伏罗拉目测他们之间的距离。他能在枪响时跳开吗？他又看了看摆着自己手枪的那张桌子。既然能为露西尔挡住子弹，那他就决心一动不动。

"跪下求情吧！你这无耻之徒。跪下，不然我叫你脸上开花！"

"我一直努力鄙视死亡，而且我本来就鄙视你。我不会向你们下跪的。"

"那我们试试吧，"墨拉达咬牙切齿道，"我数五下——一！"

片刻停顿。萨伏罗拉看着枪管，亮闪闪的铁圈包住一个黑洞，其他一切都是空白。

"二！"总统数道。

也就是说他要死了。等那黑洞里钻出火花，在这地球上一闪即逝。他预感到，那一枪会正中面部。此后无法预知。湮灭……沉沉的，沉沉的黑夜。

"三！"

他只能看到膛线。地面模模糊糊的。这真是绝妙的发明——让子弹飞速旋转前进。他想象这颗子弹带着骇人的动能在他的大脑里搅拌。他努力思考，希望在倒下之前再想明白一两条真理或格言，但他的身体感官有着强烈的反应。血液在涌动，手掌发烫，指尖刺痛。

"四！"

露西尔跳了起来，大喊着扑到总统面前。

"等等，等等！"她喊道，"发发善心吧！"

墨拉达遇上她的目光，那双眼中不只是恐惧。他终于明白了，惊得浑身一抖，似乎抓到了烧红的烙铁。"老天啊！真是这样！"他倒抽一口冷气，"娼妇！"他喊着，把露西尔从面前推开，用左手背扇了她一记耳光。露西尔退缩到房间最远的角落里。他这下全明白了：他踩进了自己挖的陷阱里，输光了一切。狂暴的怒火攫住了他，摇撼着他，直到他的喉咙疼得咯咯作响。他遭到了她的背弃，他的权力溜出了掌心，他的对手兼敌人——他恨到骨子里的这个人——大获全胜。萨伏罗拉明明已走进了陷阱，却偷跑了诱饵。决不能就这样让他逃出去！一个人就算谨慎也应行事有度，就算面对至亲至爱也该有底线。他的计划，他的希望，复仇人群的咆哮，都从脑海中淡去。死亡将会抹去两人之间的积怨，可以解决一切——只在刹那之间。但他当过兵，一直都是一个现实的人。他放低手枪，从容地搭住扳机。只需一个动作，一切都会落定。然后，他眯眼瞄准。

萨伏罗拉见时机来临，低头向前跃去。

总统开枪了。

但米格尔迅速反应了过来，他清醒地知道这一切的后果。他明白这个计谋已经假戏真做，也没忘记那群暴民。他把枪口撞歪，子弹偏向上方，高高飞起。

在烟雾和火光中，萨伏罗拉冲向对手，把他按在地上。墨拉达被撞翻，手枪也掉了。另一人则捡起枪，挣脱对手，从那被按倒的人身上跳开。一时间他站在那儿看着，心生杀机，扣在扳机上的手指蠢蠢欲动。总统慢慢爬起来。这一摔令他头晕目眩，靠着书橱发出呻吟。

楼下的前门传来一阵拍打。墨拉达转向依然蜷缩在房间一角的露西尔，破口大骂。他扯下了履行国务与社交时的浮华虚饰，他庸俗丑陋的内在此刻一览无余。他的辱骂不堪入耳，虽不值得放在心上，却很快刺痛了露西尔。她轻蔑地反驳道："你知道我要来的，你派我来的！是你设的陷阱，过错分明在你！"墨拉达则继续恶语相向。"我是清白的，"她喊道，"我的确爱他，但我什么也没做！你为什么要派我来？"

萨伏罗拉隐约听出了什么："我不知道你到底有什么邪恶的企图。我已经损害了你太多，手上不能再沾你的血。走吧，赶紧走，我忍不了你的龌龊。走！"

总统已经恢复了冷静。"我应该亲自开枪打死你的，"他说，"但我要让一个排来解决你——五名士兵，一名士官。"

"无论你怎么杀我，都有人替我报仇。"

"你为什么拦我，米格尔?"

"阁下，他说的没错，"秘书答道，"杀他会犯下战略性错误。"

秘书用他公事公办的态度、正式的措辞和沉着的语气让总统重新恢复了理智。总统走到门边，停在餐柜旁，炫耀般地喝下一杯白兰地。"充公，"他说着举到灯下，"以政府之命。"再一饮而尽。"明天等着见你中枪。"他补充道，却忘了枪在对方手里。

"我在市政厅，"萨伏罗拉说，"有胆量就来找我。"

"想叛变!"总统说，"呸! 太阳落山之前，我要把它踩灭，连你一起。"

"也许是另一种结局。"

"不管哪一种，"总统说，"你践踏了我的尊严，还谋反篡权。你我势不两立。带着你的情妇一起下地狱去吧。"

楼梯上响起一阵匆匆的脚步声。蒂罗中尉冲开门，见到屋里的人物，吃惊地停在门口。"我听见枪响了。"他说。

"没错，"总统答道，"是意外走火，所幸无人受伤。你可以陪我回总统府吗？米格尔，我们走！"

"最好快一点，长官，"中尉说道，"今晚的路上有许多奇怪的人，他们在这条街的尽头修筑了街垒。"

"是吗？"总统说，"那我们该采取行动制止了。晚安，先生，"他转身向萨伏罗拉补充道，"我们明天见，了结我们之间的争议。"

但萨伏罗拉握着手枪，紧紧盯着他，一言不发地让他离开，只有露西尔的抽泣声不时打破沉默。等离去的脚步声渐止，沿街大门关上，她终于说话了。"我不能留在这里。"

"你也不能回总统府。"

"那我怎么办呢？"

萨伏罗拉陷入沉思。"你最好先在这里。整栋房子悉听尊便，没人会来。我必须立刻去市政厅，其实已经迟了——快十二点了，时间就要到了。还有，墨拉达会派警察来的，我也要承担起必须肩负的职责。今晚，街上太危险了。也许我早上才能回来。"

一场悲剧让两人都处于震惊之中。萨伏罗拉的心里有一丝苦涩的悔恨。露西尔的生活被毁了，他是罪魁祸首吗？他说不清自己到底有罪还是无辜。但无论归咎于谁，都无法减轻他的悲伤。"回头见，"他说着站起来，"我得走了，但我的心留在这里。我要为很多事情负责：朋友的性命，国家的自由。"

他就这样离开了。他要当着世人的面展开一场伟大的较量，为男人生命中的雄心壮志而奋斗。而她，一个女人，悲惨地独留在此，无计可施，只能等待。

全城的钟声突然急促地敲响。远处传来号角，沉闷的枪响。信号炮轰的一声。越来越嘈杂。这条街的尽头擂起了集合的鼓声；许多民宅里传出混乱的叫喊。终于，一种声音打消了所有的悬念——"嗒、嗒、嗒"，像是许多木头箱子接连闷声关上——那是远处的火枪声。

革命已经爆发了。

# 第十六章
## 革命进展

其间，总统和他的两个随从穿过了城市。街上人来人往，随处可见小簇黑影。剧变将至的气氛越来越浓，湿热的空气中窜动着窃窃私语。墨拉达看见萨伏罗拉的寓所外就有座街垒，确信叛乱已近在眼前。距离总统府一公里处，还有另一座街垒封路。三辆手推车被拦下来，拖往路中央横在那里。约有五十人在默默加固路障：一些人撬起铺路的石板，还有人从旁边的房子里搬出床垫和装满土的箱子。不过他们没留意总统一行人。总统竖起领子，拉低毡帽压住脸，手脚并用地爬过障碍物——这些亲眼所见的迹象占据了他的脑海。没有脱下制服的中尉确实吸引了好奇的目光，但没人试图阻挡。这些人在等待信号。

一路上，墨拉达一言不发。危险在迫近，他竭力恢复平静，好让自己清醒地面对一切。然而，尽管他努力集中精神，心中却始终充满对萨伏罗拉的仇恨，容不下其他任何事情。他回到总统府时，叛乱已在全城爆发。信使一个接一个送来可怕的消息。有几个守备团拒绝向人民开枪，还有的与人民站在一边。一处处街垒拔地而起，四面通往总统府的路口都被封锁了。革命领导人聚在市政厅。街上到处张贴着宣布临时政府成立的公告。城里各处的军官匆忙赶向总统府。他们中的有些人受伤了，更多人六神无主。索伦托也在其中，他带来一个更严峻的消息：一个炮兵连把装备全部拱手送给了叛乱者。三时半，综合电报和信使的消息不难看出，几乎未动干戈，城市的大部分地区就已落入革命军之手。

　　总统冷静地接受一切，展示出刚毅的秉性。实际上，有一个恶狠狠的念头在鞭策着他。街垒和叛乱者的背后是萨伏罗拉，是他和市政厅把他们组织起来的。敌人的面容和身形浮现在眼前，其他一切似乎都无关紧要了。这紧张而错综复杂的局面成了他发泄愤怒的出口，成了以毒攻毒的镇痛剂。粉碎叛乱，关键是杀了萨伏罗拉，这成了他心头最强烈的愿望。

　　"我们必须等到天亮。"他说。

"然后呢，长官？"军政部长问道。

"然后我们向市政厅进发，逮捕叛乱的领导人。"

接下来的夜晚都被他们用在了组织破晓时分的行动和队伍上。数百名忠心耿耿的战士（曾与墨拉达并肩作战的军人），七十位可以信赖的常规军军官，还有近卫军驻留的队伍和一支携带武器的警察分遣队，这些是唯一可用的。这批可靠的将士不足一千四百人，他们被召集到总统府门前的空地上，镇守入口，静待日出。

他们没有遭遇袭击。"封锁首都。"这是萨伏罗拉的命令。叛乱者忙着修筑街垒。他们依照常规做法，封锁了各个方向。大大小小的消息不断地向总统袭来。有一张匆匆挥就的字条，来自卢韦，称，听闻叛乱十分震惊，并对无法前往总统府与墨拉达并肩作战深表歉意。他称，由于亲戚病危，自己被迫仓促出城。他恳请墨拉达相信上主庇佑，依他所见，革命军定会覆灭。

总统在房间里读完字条发出冷笑。他向来不信任卢韦的胆魄，也始终明白他在危急关头只会胆小如鼠，没有丝毫用处。可他并不怪罪卢韦。这人自有长处，他在内政部的作为令人钦佩，但打仗的确非他所长。

总统把信递给米格尔。秘书读罢陷入思考。他本人也非武将。他暗自想着，总统方显然大势已去，他不必为了顾及私人交情而白白送命。回忆起前夜的闹剧，他也扮演了重要角色。那件事当然可以作为筹码，至少足够自保。他取出一张白纸动起笔来。墨拉达在屋里惶惶踱步。"你在写什么？"他问道。

"向港口要塞的司令官传令，"米格尔迅速答道，"说明当前局势，以总统之名，令他不惜代价守住要塞。"

"不必了，"墨拉达说，"不知道他手下有没有叛徒。"

"我已经通知他了，"米格尔立刻说，"要是信得过手下的人，破晓时分朝总统府方向实施佯动，分散敌人兵力。"

"很好，"墨拉达有气无力地说，"但恐怕他收不到，想守住要塞，他也需要大部分人手。"

传令兵拿着一封电报进来。这是一位忠于职守的政府文员，越过重重封锁亲自送来的，这位无名英雄既有着无比的勇气，想必也受到了好运的眷顾。总统拆信封时，米格尔起身走出房间。他来到屋外灯火通明的走廊上，找到了一名惊慌失措但并不懦弱的仆人。他向仆人迅速低声吩咐："二十块钱""市政厅""不惜任何代价"——只有这几个关键词。随后他又回到办公室。

　　"你看这个，"墨拉达说，"还没彻底完蛋。"电报来自洛伦佐附近的布里恩兹："前线来敌已肃清。今日下午，施特雷利茨率两千叛军进抵布莱克峡谷。我已将其重创并击退。俘获施特雷利茨。正追击残敌。于图尔加待命。""电报内容必须立即公布，"他说，"印一千份，发给我们的支持者，尽可能在城里扩散。"

　　胜利的喜讯传来，聚集在总统府广场上的政府军爆发出热烈的欢呼，翘首盼望黎明的行动。白昼的光芒缓缓擦亮天空，让近处的街灯和远方的星火变得微暗。总统步下台阶，穿过庭院走出总统府大门，进入部队集结的广场，身后跟着索伦托、另外几名高官以及侍卫蒂罗。他走在人群中，不停地与这些忠实的朋友和支持者握手。忽然，他一眼瞥见叛军趁着夜色贴在墙上的公告，想必是黑暗给他们壮了胆。他走上前去，借提灯的一缕光查看。不难分辨，这出自萨伏罗拉之手，它用干脆利落的短句吹响号角，号召人民拿起武器。布告上有条后来贴上去的红色小纸片，像是剧院传单上标明演出时间的那种，冒充电报"复印件"。它上面赫然印着一条消息："今晨攻占布莱克峡谷。独裁者军队集体撤退。向洛伦佐推进。施特雷利茨。"

墨拉达气得浑身发颤。萨伏罗拉心思缜密，也很少错失良机。"无耻的骗子！"总统怒道，但他也意识到了自己必须击垮怎样强大的一名对手，一时间，绝望涌入胸中，心也凉了半截。他竭尽全力才甩开了这种情绪。

军官们已经接到了作战计划的具体细节，这将是一次非常大胆的行动。叛军已经成功发起了行动，那么政府就该出兵镇压军事政变。总之，这场军事打击行动意在直捣叛乱核心，一旦成功就能取得决定性胜利。"叛乱是条大章鱼，先生们，"总统指着革命军公告对身边的人们说，"触手又长又多，得把脑袋砍了才行。"尽管众人都知道这是一场孤注一掷的冒险，但这群勇士已经做好了准备。

总统府与市政厅之间是一条宽阔而曲折的大道，长近三公里。政府军排成三路纵队，分别沿着这条大道及两侧辅路默默行进。总统徒步率领中间纵队，索伦托带着最易遭袭的左翼队伍。队伍沿着寂静的大街缓缓前行，不时地暂停，保证前后沟通。一个人影都看不见：房屋百叶窗全部紧闭，大门尽数紧锁。东方渐白，城市却依然在昏睡。先遣小分队沿着大道推进，从一棵树窜到另一棵时都会停下，透过阴影小心窥探。刚绕过某个转角，前方突然射出一枚子弹。"冲啊！"总统吼道。冲锋号登时吹起，战鼓一同擂响。晨曦中，一座街垒的轮廓依稀可辨，它的黑影横在车道中间，位于两百米开外。战士们呐喊着冲了上去。街垒保卫者吃了一惊，胡乱开了几枪，看到这突袭来势汹汹，他们也弄不清对手的实力，于是仓皇撤退。进攻者迅速攻占街垒，又乘势向前推进。街垒后是一处十字路口，能通往左右两方。四面八方都在开火，震耳欲聋的来复枪声在墙壁之间回响。侧翼纵队受到了牵制，但中心地带被攻陷后，两翼局面也随之逆转。守方担心后路被抄，于是混乱地逃走了。

天光已经大亮，街景不同于往常。树干之间是窜来窜去的士兵，一缕缕青烟飘荡在整幅画面上。叛军撤退时，丢下了躺在地上的伤员，他们惨遭政府军的刺刀屠杀。窗口、灯柱、邮筒、伤员、撞翻的出租马车……一切可以充当掩体的东西后面都有人开枪。来复枪的火力铺天盖地，街上已经空空荡荡。双方都急于寻找掩体，急于躲起来。他们闯入民宅，拖出桌椅和被褥。其实它们无法抵挡子弹的威力，但藏在后面还是给人以些许安慰。

政府军仍在稳步推进，虽然一直遭遇伤亡。但是叛军的火力越来越强了。每过一小会儿，都有更多人投入战斗。侧翼的压力越来越大。还有敌人从小路包抄牵制，继续削弱总统这支本已单薄的队伍。叛军终于不再后退——四台火炮横在路中央架成一排。

此刻，距离市政厅仅四百米之遥，墨拉达号召战士们尽自己最大努力。他们冒险企图用刺刀扳倒大炮，却未能成功，死伤三十人。政府军躲入一条与主干道垂直的小巷。然而，这个位置反使他们遭到敌方纵向扫射，撤退队形也被打散。

双方沿着一条宽大的扇面展开交火。炮手随时都可能开火，所以为了逼迫敌人放弃火炮阵地，政府军强行闯入主干道两侧的民宅，爬上屋顶朝下放枪。但叛军也采取了相同的战术，和政府军正面交锋，于是对抗转移至烟囱和天窗之间。众人奋不顾身，开火却漫无目的。

总统展现了他的刚毅气概。他以身作则地穿行在队伍中，激励着身边的人。蒂罗紧跟总统，他的作战经验足以让他明白，此时突围至关生死。每分每秒都无比宝贵，而随着时间飞速流逝，这支单薄的队伍几乎已被完全包围。蒂罗正端着一支来复枪协助战友撞开一扇房门，突然诧异地看见了全副武装的米格尔。此前，他一直小心地跟在队伍后面，藏在行道木后，躲避无处不在的危险，但此时他奋勇冲到门口，门一撞开就猛冲进去，飞奔上楼，嘴里喊着："今天我们都是战士！"几名步兵随他上楼，从低处窗口开火。蒂罗不能离开总统半步，不过，见到米格尔也英勇作战，他又惊又喜。

很快，这次行动已经明显没有胜机，他们陷入了寡不敌众之境。墨拉达终于下令抄近路撤回总统府，此时的死伤人数已达三分之一。他们腹背受敌，敌军还在步步紧逼。撤退时，一些战士掉了队，立刻孤立无援。房子里，屋顶上，处处是厮杀的身影。他们最终几乎无一生还——敌人都身陷狂热，求饶只是白费口舌。还有的士兵火烧民宅，企图在烟雾的掩护下逃跑，然而多半未能如愿。其他人再一次躲进衣橱和地下室，等人们恢复理智，到那时再说声"投降"就没有生命危险了。米格尔就是其中之一。由近卫军五个连组成的右翼纵队被全部包围。一位叛军将领承诺缴枪不杀。然而他们放下武器后，这些军官好不容易才控制住部下冲动的情绪。

政府军主体整合成一路纵队向总统府后撤，每退回一段，都要留下几具尸体。不过，他们还足够危险，不会被轻易堵住。一队叛军想截住他们，却立刻被一次冲锋击溃。政府军也在试着重整队形，可是冷酷的来复枪响无止无休，终究把撤退射成了溃退。随后是一场血腥的追击战，仅八十多人幸免，随总统和索伦托活着退入总统府。大门紧闭，势单力薄的卫戍部队严阵以待，决心做最后一搏。

# 第十七章
## 或战或降


"那场面，"蒂罗中尉一进门就对炮兵上尉说，"是我迄今见过最激烈的。"

"我觉得从头到尾都糟透了，"对方答道，"他们把大炮拖出来的时候已经没什么好说的了。"

"解决我们的不是火炮，"长矛轻骑兵中尉说，他不想夸大火炮的价值，"我们缺的是骑兵。"

"我们缺的是人，"炮手答道，他无心争论各种武器的相对价值，"那些断后的战斗真是要命。"

"断后的战斗还不止那些该死的场面，最糟的是那些断后的人，"蒂罗说，"你觉得他们会砍死伤员吗？"

"一个都不留，我觉得，他们就像是狼群最后落单的那几匹。"

"现在会怎样？"

"他们会杀进来，把我们解决了。"

"这倒不一定，"蒂罗说，他的欢快与勇气可以经受住持久的考验，"舰队很快就要回来了，我们挨到那个时候就行了。"

总统府的确易守难攻。建筑由坚固的岩石建造。窗台距离地面有一定高度，下方安装了结实的铁栅栏。只有庭园一侧没有防护，那边的露天平台和台阶直接通往落地窗。但不难看出，几支来复枪就能守住那个狭窄而暴露的入口。确实，建筑师好像有先见之明，初建时就已为眼下这一刻做好了准备。他几乎是以修筑总统府之名建造了一座要塞。面向广场那一侧似乎最易遭到攻击，但大门由两座小型塔楼守卫，塔内设有警戒室，庭院的墙体也又高又厚。然而，这一面最有助于敌人发挥人数优势，因此卫戍部队的大部分都集中在这里。

叛军得到了明智而谨慎的领导。他们没有立即进攻总统府，仿佛对手已是囊中的猎物，并不急于收网。此间，政府军的幸存者努力加固这最后的据点。他们撬出庭院小径上粗糙的鹅卵石堆在窗户前，搭出一个个能够掩护士兵避免暴露的射击孔。大门紧闭闩好，准备用梁木支撑。弹药分发完毕。各区域的防卫职责已部署给各军官。防御者们意识到，他们置身其间的争端必然会得出一个明确的结论。

但墨拉达的情绪变了。夜里的愤怒冷却成了早晨那股冷酷而猛烈的勇气。他领导着大家，为了攻占市政厅发起了一次绝望的尝试，也在混战中勇敢得近乎鲁莽地暴露着自己。但现在，他毫发无伤地退回总统府，也意识到消灭萨伏罗拉的最后时机已经错失。死亡张牙舞爪地等着他。所有支撑着他的激情都已消失殆尽，他受够了。他思考着如何逃跑，却一筹莫展。这一刻令他备受煎熬。或许，几小时后援军就到了：舰队肯定会赶来，但只怕那时已经太迟。大炮兴许可以为他的死复仇，却来不及救他一命。他在心烦意乱中战栗，也越来越明显地感受到黑暗迫近。恐惧开始触碰他的内心，他的神经在颤动。他理应比其他人感到更多恐惧。群众的仇恨都集中在他一人身上。毕竟，他们最想取他性命——他高于其他所有人。这种差异令人忐忑。他带着深深的沮丧回到自己屋里，不再参与抵抗。

约十一时，敌人的狙击手进入了总统府正门前方的房屋。很快，一枚子弹从一扇高窗里射出，紧接着又是几声枪响，很快就变成了连续齐射。防御者在墙体的掩护下谨慎地反击。蒂罗中尉和一名近卫军中士守在大门左侧的警卫室窗户边，两人都是神枪手，中士还曾是墨拉达的战友。中尉在口袋里塞满了子弹；中士则在窗台上按照每排五枚把枪弹码放得整整齐齐。连接广场和大门的那条街恰好位于他们的射程范围之内。警卫室外有十二名军官和士兵，他们仍然在忙着布置入口处的防卫。他们用力将厚木板卡在地面和第二道横木之间。如果叛军想从门口冲进来，这一道防御足够坚固。

周边房屋的火枪，与其说危险，不如说恼人，但确实有几枚子弹命中了射击孔周围的石块。卫戍部队谨慎而缓慢地开火，既担心耗尽弹药，也尽力减少不必要的暴露。突然，三百米开外有一群人转向通往大门的那条街，迅速向前连推带拉地挪动着什么东西。

"小心，"蒂罗冲着作业队喊道，"他们推炮来了。"说着，他便瞄准逼近的敌人。中士和这边其他的防御者一起，带着奇怪的振奋开枪。敌人放慢了向前推进的速度。有的人倒下了。靠前的几人松开了手，其他人把他们抬走。进攻的势头有所减弱。接着，两三个人独自跑回后方。其他人见状也立刻扭头，奔入小巷寻找掩护。那台炮（正是之前炮兵连拱手相让的十二磅火炮之一）被遗弃在路中间，周围躺着大约十二具不成形的黑色物体。

卫戍部队扬起一片欢呼，周围房屋报以一阵猛烈的枪声。

一刻钟过去了，叛军又从小巷里架出四辆装满面粉的手推车推向大门。防御者又猛烈开火。子弹射在面粉袋上，腾起奇怪的乳白色烟雾。但有了这移动的掩体，进攻者稳步推进。他们已经来到火炮边，从后面把面粉袋推下去，倒空手推车，堆出一堵矮防护墙，跪在那后面。一些人开始射击，另一些人都在为开炮做准备。卫戍部队瞄准的正是后者。叛军损失两人，却成功装好了弹药，把炮口指向大门。第三个人上前安装发射用的引信。

蒂罗稳稳地瞄准。远处那个人影中枪倒下。

"正中靶心哇。"中士赞许道，说着他身体前倾着瞄向另一个奋不顾身地冲向大炮、准备开火的人。中士追求一发命中，在瞄准时停顿了许久，然后屏着呼吸轻轻扣住扳机，动作标准得像是射击教学示范。突然一声怪响，既像重击，又像碎裂。蒂罗猛地闪到左边，刚好避开横飞的血肉。中士透过射击孔瞄准时，恰被一枚迎面而来的子弹射中身亡。远处那人已经装好了引信，一手抓住拉火绳，后退，准备开火。

"躲开大门！"蒂罗冲着作业队大喊，"我挡不住他们了！"他举起来复枪，碰运气似的开火。就在那一瞬间，一大团浓烟喷出炮口，另一团立刻从总统府大门迸出来。木板和木梁都被炸得粉碎，和弹片混在一起四散横飞，杀伤那支惊慌窜向掩体的作业队。

周围的房屋和街道响起了一阵长时间的欢呼，等在后面的数千人听到大炮开火，也跟着欢呼起来。叛军的火力起初不断增强，但没过多久，一位司号员开始连续不断地吹号。又过了大约二十分钟，枪声彻底止住了。街垒那边忽然出现了一面白旗，一个人举着它前进，后面跟着另外两人。总统府方面也有人挥舞着手帕，暂时停火。代表团径直走向炸碎了的大门口，他们的领头人迈进了庭院。

许多防御者钻出工事看着他，想听听他会提出怎样的条件。此人正是莫雷特。

"我呼吁你们投降，"他说，"在接受正义的审判之前，你们不会有生命危险。"

"有什么话请对我说，先生，"索伦托走向前来，"我是这里的指挥官。"

"我代表共和国呼吁你们投降。"莫雷特大声重复道。

"我不允许你直接对战士们说话，"索伦托说，"如果继续这样，你手中的白旗也保护不了你。"

莫雷特转向他。"抵抗没有任何意义，"他说，"你何必牺牲更多人的性命呢？投降就有活路。"

索伦托沉思。也许叛军意识到舰队正在赶回，否则，他们是不会要求和谈的。所以他有必要争取时间。"我们要求两小时的时间来考虑。"他说。

"不行，"莫雷特坚决地说，"必须此时此地立刻投降。"

"我们决不就范，"军政部长答道，"我们将坚守总统府，直至舰队返航及野战军凯旋。"

"你拒绝所有条件？"

"我们拒绝你提出的一切条件。"

"将士们,"莫雷特又转向士兵,"我劝你们不要白白送命。我提出的条件公平合理,不要拒绝它们。"

"年轻人,"索伦托怒火更旺了,"我对你已经很客气了。你这种平民对战争的惯例一无所知。我有责任警告你,如果你继续试图动摇政府部队的军心,我将对你开枪。"他拔出了左轮手枪。

莫雷特本该听劝,可他本是个冒失、莽撞而又冲动的人,几乎没有理睬索伦托。他是个热心肠,真诚地希望拯救更多生命。况且,他不相信冷血的索伦托真会把他射倒在血泊中,那也过于残酷无情了。"我给了你们一条生路,"他喊道;"不要选择死路。"

索伦托举枪开火。莫雷特扑倒在地,他的鲜血在白旗上涓涓流淌。有一小会儿,他抽搐着、颤动着,很快便一动不动。围观者惊恐地小声嘀咕,没料到索伦托真会兑现他的威胁。然而指望军政部长这种人大发慈悲并不现实,他生活中的一切只会按照军规军纪运转。

等在门外的两个人，听见了枪声，看到了院里的情形，立刻跑回同志们中间。另一边，卫成部队感到他们失去了所有希望，只得阴沉麻木地回到各自岗位。对方的休战请求把总统从屋里调了出来，好像重新赋予了他生存的希望——甚至是复仇的可能。正当他走下台阶进入庭院时，一声枪响传来，如此之近。他愣住了。见到对方特使的惨状，他差点跌在地上。"老天啊！"他对索伦托说，"你这是干了什么？"

"我打死了一名叛军，长官，"军政部长说，他的内心现在也充满顾虑，只好厚着脸皮辩解，"我警告过他了，即便他是全权代表，也绝不能唆使对方军队哗变。这人不听劝。"

墨拉达从头到脚都在颤抖。他最后的退路被切断了。"你把我们都送上了死路！"他说罢，弯腰捡起死者衣服上露出的一张纸条，上面写着："我授权你接受共和国前总统安东尼奥·墨拉达以及总统府其他官兵与支持者的投降。确保他们生命安全，等候政府判决，此前他们将受到保护。公共安全委员会——萨伏罗拉。"索伦托把他杀了，然而这是唯一能在群众熊熊燃烧的怒火中保护他们的人。墨拉达心痛得一句话也说不出来，转身走回屋内。此时，广场周围的房屋间再次响起枪声，而这一次再无保留。围攻者一定听说了他们特使的遭遇。

其间，莫雷特一动不动地倒在院子里。他的雄心壮志，他的满腔热情，还有他的希望，全部就此终结。世间的一切都将与他无关，他已然沉到历史的海底，身后连一串气泡都没有留下。在对抗劳拉尼亚共和国政府的密谋中，萨伏罗拉的形象令他黯然失色。然而他却是个有良知、有头脑、有感情的人，也许前途无量。他的母亲仍然在世，还有两个妹妹，她们爱着他的一切，坚信他是这世上最棒的小伙子。

索伦托站在那里，久久盯着自己一手办下的好事，对自己的作为越来越不满。他那暴戾冷酷的秉性中无法产生真诚的悔意，但他与墨拉达相识多年，后者的痛苦令他震惊。一想到自己是罪魁祸首，他更是懊恼。他并没有意识到总统希望投降，否则，他暗想道，他也许会宽大为怀的。还有没有补救办法呢？那个授权莫雷特接受政府军投降的人，在群众中有着强大的影响力。他就在市政厅，必须把他请来——可怎么请呢？

蒂罗中尉拿着一件外套走来。他嫌恶上级的残暴，就算不说话，也要用行动摆明自己的感情。他向地上的人弯下腰，帮他摆正四肢，然后又把外套盖在那毫无表情的苍白面庞上。他站起身，轻蔑地对上校说道："我在想，再过几小时他们会不会也这样对你，长官。"

索伦托看着他，大声干笑起来："呸！我在乎么？等你和我一样经历过大风大浪，就不会这么多愁善感了。"

"我没机会经历更多了，唯一可以接受我们投降的人给你杀了。"

"还有一个人可以，"军政部长说，"萨伏罗拉。你想活，就去把他带来，让他来支开这群走狗。"

索伦托尖酸地说着，中尉听后却动心了。萨伏罗拉，他和自己相识，也喜欢自己。而且他感到两人有些共同点。要是由他去请，萨伏罗拉会来的。但离开总统府几乎不现实。尽管叛乱者的攻击方向是入口这一侧，但其实总统府四周已被彻底封锁，到处都驻扎着枪手。他根本不可能从任何一条路穿越围攻者的防线。蒂罗思考着其他可能性：隧道？并不存在。热气球？这里没有。这个没有希望解决的难题令他直摇头。望向开阔的天空，他心里嘀咕："只有鸟儿才能办到。"

总统府通过电话线与议会大厦和主要办公单位相连，正巧，这座巨大城市的东段电话总线横跨总统府的屋顶。蒂罗抬眼望去，头顶上方那些纤细的缆线约有二十根。军政部长顺着他的目光看去，立刻热切地问道："你能顺着缆线出去吗？""我来试试。"中尉答道，想到这里他兴奋了起来。

索伦托想同他握手，但这男孩后退几步，敬了个礼就转身离开。他走进总统府，爬上通往屋顶平台的楼梯。这是项英勇而危险的任务。万一叛军看到他悬在半空中呢？他常常用小左轮手枪打乌鸦，它们在天空和树枝中就是一个个小黑点。这个想法的确让人难受得出奇，但他安慰自己：这群人凑上射击孔瞄准都是在冒生命危险，他们无心顾及其他事物，更不会东张西望。他迈上屋顶，走向电线杆。缆线的强度不必担心，可他还是停住了。他交上好运的概率并不大，面目可憎的死亡似乎近在咫尺。宗教对于他，就像对许多士兵那样，几乎毫无帮助。那只是一堆乱七八糟的信条，既很少提及，又难以理解，更未得深究。它只是一个充满希望却得不到保障的信念：如果做个尽职尽责的正人君子，就会时刻受到庇佑。他没什么处世哲学，只感到自己赌上了全部，投身于一件毫无把握的事情。然而，尽管理论上希望不大，他还是决心为了那一丝希望全力以赴。他自言自语道："这样就能扳倒那群畜生了。"这个鼓舞人心的念头打消了他的恐惧。

他顺着电线杆爬上最下方那根缆线，然后把自己向上拉，直到双脚也站在线上。电线杆每侧都各有两组缆线。他站在最低的两根上，把最高两根压到胳膊下，然后每只手再向下各多抓住一根线。接着，他开始艰难地曳步挪动。这段路程约有七十米。走过了院墙，他看看下面的街道，似乎十分遥远。枪弹在总统府和周围房屋的窗户之间不停地来回穿梭。下方二十米处，一名死者躺在那儿，盯着天线，耀眼的日光于他无碍。蒂罗也曾经历枪林弹雨，但这是一次新奇的体验。当他快走到一半时，缆线开始摇晃，他不得不抓得更紧。起初他顺着缆线向下走，但中点过后便轮到他爬坡。他的脚总是往后滑，缆线直戳他的腋窝。

他安然无恙地走了三分之二，突然左脚下的缆线突然啪的一声裂开，像鞭子似的抽在对面的墙上。他的体重猛然压在肩膀上，立刻传来一阵剧痛。他扭动着，一边打滑，一边狠命抓紧，花费了极大的努力才恢复平衡。

底下的窗口，有个人正把开枪时用作掩体的床垫往后拖，还探出了脑袋和肩膀。蒂罗向下看去，两人四目相遇。这人立刻狂喊起来，端起来复枪直接瞄准中尉开火。枪声震耳欲聋，中尉不知道子弹离他有多近；但他感觉没有射中，便挣扎着越过这条街。

这下都完了，但折返同样致命。"我看着办吧。"他自言自语道，跳下缆线，落在那座房子的屋顶上。一扇敞开的门正对着缆线。他跑下阁楼，然后出现在楼梯平台上，透过护栏窥视，一个人也看不到。他小心地踩下狭窄的楼梯，时刻警惕着敌人。然后，他来到二楼前厅的对面，贴着墙向内偷看。屋内光线昏暗。窗口堆着盒子、手提箱、床垫还有填满泥土的枕套。满地撒着碎玻璃渣，混着墙上落下的泥灰。借着墙缝和射击孔透出的光线，他看见了奇怪的一幕。屋里有四个人，其中一人躺在地上，另外几个俯身看着他。他们的来复枪都竖着靠在墙上。三人眼下好像只关心他们地上的那位同志，伤员躺在不断扩散的血泊中，喉咙发出咕噜咕噜声，哽噎着，好像使劲浑身气力想要说话。

中尉看够了。前室对面有一条遮着帘子的门道，他躲在帘子后面溜了过去。什么也看不见，但他还是专注地听着。

"可怜的伙计，"一个声音说道，"伤得太重了。"

"怎么伤的?"另一个问。

"哦，他探头出去射击，但是被子弹打中，打穿了肺，我猜他是对空开枪的，还在喊着，"然后他压低声音却清清楚楚地补了一句，"他完了!"

伤员发出了更响的声音。

"他活不了了，走之前肯定有话想跟老婆讲，"

一个听起来像是工人的革命者说，"想讲什么呢，兄弟？"

"拿笔和纸，他讲不了。"

蒂罗依然提心吊胆，把手伸到背后，拔出左轮手枪。

将近一分钟，什么声音都没有，接着突然是一声大喊。

"我们对天发誓，一定要逮住他！"那个工人说，他们三人冲过那扇遮着帘子的门跑上楼去。其中一人恰好停在蒂罗对面，给来复枪装弹药。弹药筒卡住了，他在地上敲了几下，似乎就清理好了——中尉听到枪栓咔嗒一声——然后他轻快的脚步声跟着其他人往屋顶去了。

随后他钻出来，溜下楼去。经过那间敞开的屋子时，他忍不住朝里望了一眼。伤员立刻发现了他，挣扎着从地上半坐起来，死命想要喊出声，可是一个字也吐不出来。蒂罗看着这位不小心成了他死敌的陌路人，危险和血腥唤醒了人心中游荡的残酷恶魔。他向那人抛了个狂野而嘲讽的飞吻。那人因为痛苦和暴怒向后倒在地板上，躺在那儿大口喘气。中尉匆匆离开了。到了最低一层，他转向厨房，那里的窗户离地只有不到两米高。他撑着窗台一跃而过，落入后院。一阵惶恐突然袭来，他拔腿狂奔——希望又回来了，恐惧也油然而生，鞭策他全速前进。

# 第十八章
## 窗畔观战


重大事件接连席卷了劳拉尼亚首都,男人们的内心被不断出现的紧急状况占据,等待女人们的则是另一番经历。街道上,那儿有最真实的战斗场景,人们抛洒热血,斗志昂扬。险恶的战争,激烈的近身搏杀,提供了不少竭力效忠或释放残酷天性的机会。勇者彰显勇气,残暴者纵情施暴,这两类之间的人则为眼下的剧变而震颤,事发突然,他们来不及害怕,只有些不由自主的恐惧。房屋里则是另一种情景。

第一枪打响时,露西尔吃了一惊。她听不清有多大动静,只有远处混乱的爆炸声和粗重的碎裂声;但她浑身哆嗦着,知道这一切意味着什么。下面那条街听上去好像全是人。她起身走到窗口向下望。人们在微弱昏暗的煤气灯下修筑街垒,它距离门口约二十米,横跨街道,面向总统府。她带着从未有过的关切望着街上忙忙碌碌的身影。观察可以分散她的注意力，她觉得要是没什么可看，就会被那可怕的悬念逼疯。她没有放过任何一个细节。

他们真努力啊！拿着撬棍与鹤嘴锄的男人们在撬起铺路石；还有人负责搬运，沉甸甸的重量把他们压得摇摇晃晃；其他人则用石板在路上横起一堵结实的墙。那里有两三个男孩，他们和成年人一样卖力。一个小家伙搬石头的时候砸到了自己的脚，坐下伤心地哭起来。他的同伴走过来踹他，催他继续干活，他反倒哭得更厉害了。没多久，送水车来了，口干舌燥的工友们三四个人一组，用两只锡杯和一个水罐舀水解渴。

周围房子的居民被迫打开宅门，叛军毫不客气地拖出各种东西用来堆筑街垒。一队人发现了几只桶，显然觉得它们能派上用场。他们撬开一个木桶的底部，一铲又一铲，把掘开人行道后露出的泥土填进去。他们花了很久，终于填满了桶，然后试图把它抬到墙头。但它太沉了，哗啦一声摔在地上裂得粉碎。这情形令他们恼怒地争执起来，直到赶来一名扎着红腰带的军官叫他们安静。他们不再填充其他木桶，回屋里搬出一张舒服的沙发，阴郁地坐在上面点着烟斗。不过，他们又慢慢想起了自己的光荣使命，不再生闷气，一个个都回去继续干活。这座街垒一直在稳步增高。

露西尔很纳闷，为什么没人闯进萨伏罗拉的房子。没过多久她就明白了：门口有四名卫兵，端着来复枪。他那缜密的心思从不会遗漏任何细节。于是时间就这样流逝。她的思绪不停回到那场扫荡了她生活的悲剧上，每想到这里她都绝望地瘫进沙发。此间，她打了一小时盹，纯粹是出于疲惫。远处的枪声渐止，尽管偶尔还能听见一两声枪响，城里总体恢复了宁静。她在一种奇怪的忧虑感中醒来，又跑回窗边。街垒差不多已经筑成，工友们躺在后面。他们的武器靠着墙，墙头站着两三个放哨的人，时刻紧盯街道。

忽然，沿街那一侧响起了砰砰的敲门声，她的心也吓得怦怦直跳。她小心翼翼地从窗口探头望去。哨兵还在，但又来了一个人。见敲门无人应答，他弯腰从门缝下塞进了什么东西，然后离开了。过了一会儿，她鼓足勇气，穿过黑暗的楼梯，蹑手蹑脚地挪到楼下，查看塞进来的到底是什么。

借着一缕火柴光，她看见那张纸条上仅标明"露西尔"，还有门牌号和街道——劳拉尼亚的街道编号和美国城市差不多。那是萨伏罗拉送来的铅笔字条，大意如下："我们已拿下城市和要塞，但拂晓时还会开战。无论如何不要离开房子，也别暴露自己。"

拂晓时还会开战！她看看时钟——四点三刻。天色渐亮，时候快到了！恐惧，悲伤，焦虑，还有对她丈夫的怨恨——这一点儿也不痛苦，她心里五味杂陈。但躺在街垒上睡觉的人影似乎并不会被这些感情困扰。他们静静地躺着，一动不动，因为疲惫的人无心忧虑。但她知道时刻将近，某种可怕的巨响会把他们惊醒。她觉得自己像是在剧院看戏，坐在窗内这个包厢里。她转身离开窗口片刻，突然一声来复枪响，似乎是从通往总统府的那条街上传来的，大约在三百米开外。接着一波噼啪的开火，一声号角，还有一阵呐喊。街垒的防御者火速跃起，抓起武器。枪声继续，但他们还是不做回应，她想看看是什么阻止了他们反击，却不敢把头探出窗外。他们个个斗志昂扬，端着来复枪站在街垒上，相互之间的交谈简短而迅速。顷刻间，一群人从前方冲到街垒下，相互帮助着翻过来，那一伙有近百人，看来他们是友军了。她这才想到前面肯定还有一座街垒，窗外这只是第二道防线。事实上，第一座已被攻陷。此间，总统府方向的枪声依然持续不断。

等这支撤下来的队伍全部从墙那边翻过来，第二道防线的防御者立刻开始反击。近处的来复枪比别处要响得多，迸发出耀眼的火花。可天色越来越亮，她很快就只能看见一缕缕烟雾了。叛军的武器各不相同，有些人配的是需要使用送弹棍的老式前装枪，为了装填弹药不得不一会儿站起来，一会儿又爬下街垒；还有的配备了更现代的装备，能够在掩体后面保持蹲姿持续射击。

远远看去，这场景中充满了缩小的人影，依然感觉像是在剧场二层的包厢里看戏。她还没有感到那么恐惧，毕竟还没有严重的人员伤亡，也还没人遭遇更惨烈的命运。

她刚想着，却正好见到一个伤员被人从街垒抬到地上。渐亮的日光使那张苍白的脸显得更加清晰。强烈的眩晕感向她袭来，但那景象却像魔咒似的把她定在那里。四个人跑来转移伤员，架起他的肩膀和脚，他的身体在四人中间垂着。等他们走出她的视线，她又看回墙那边。新添了五位伤员，四人需要抬走，另一人靠在一位同志的胳膊上。立刻又有两个人影被从街垒上拖下来，随意地搁在人行道上不碍事的地方，似乎无人照看，只是靠近围栏躺着。

这条街的尽头忽然传来了鼓声和尖锐的军号，一遍又一遍。叛军像发了疯似的开始迅猛地扫射。有几人倒下了。又响起了一阵盖过枪声的奇怪轰响，像是声嘶力竭的欢呼，正向此处逼近。

有人跳下街垒，沿街飞奔，有五六个人随即跟着跑了起来。接着，防御者们几乎集体逃离了那由远而近的奇怪呐喊，只留下三人。伤员又多了不少，一些人试图拖着他们一起离开，而伤员痛苦地叫喊，求他们别管自己。露西尔看到，一个人不顾伤员苦苦哀求，抓起脚踝，拖着他在粗糙的路面上磕磕碰碰。留下的那三人守在胸墙后面，有条不紊地开枪。这一切发生在不出几秒之间，而来势汹汹的呐喊已越来越近，越来越响。

刹那间，人浪滚滚而来，这是一群穿着蓝底米色制服的士兵，他们攻上了街垒。一名十分年轻的军官冲在最前面，翻下另一侧，大喊着："把这些混账都赶尽杀绝——冲啊！"

那三位坚守者消失了，好比礁石被汹涌的大潮吞没。大群士兵爬上街垒，露西尔看到他们蜂拥到一个个伤员跟前，用刺刀野蛮地猛扎下去。她的魔咒顿时解除，眼前的画面立刻模糊了。她尖叫着从窗口跑开，一头扎进沙发垫子里。

此时的混乱叫人胆战心惊。与萨伏罗拉所住的那条街平行的主干道方向传来了响亮而持久的枪声，嘈杂中夹着喊叫和沉重的脚步声。战斗浪潮渐渐翻滚过这栋房子，向市政厅席卷而去。形势对叛军不利，露西尔为萨伏罗拉担心。于是她祈祷——浑身哆嗦着祈祷，将她的心愿寄予上天，唯恐被人无意间听到。她没说姓名，但全知全能的神可能会面带讥诮，微笑着猜到，她在为那个叛乱分子的胜利祈祷，她爱那人胜过爱自己的丈夫——总统。

很快，市政厅那边又传来一声巨响。"大炮。"

她想，但她不敢朝窗外看，恐怖的景象已经逼退了好奇心。但她听到枪声越来越近。又回来了，听到这里她的内心涌出一阵莫名的欢喜。夹在她的恐惧之中的，是参战获胜的喜悦。人潮卷过这栋房子，吵吵嚷嚷。窗下有人开枪，然后是沿街的大门突然被又捶又擂地敲响。他们要硬闯进来了！她冲向房间的门，把它反锁上。只听见楼下又是几声枪响，还有木头迸裂的声音。那支正在撤退的军队已经随着它们的枪声飘离了这栋楼，飘向总统府。但她无心留意，因为另一个声响让她怔住了。脚步声越来越近，有人上楼来了。她屏住呼吸。门把手在转动，那个来历不明的人随即发现这门上了锁，立即野蛮地猛踹一脚。露西尔尖叫起来。

踹门声停下，她听见一个陌生人发出痛苦的呻吟。"看在老天的分上，让我进来吧！我受伤了，也没带武器。"他开始凄惨地哀号。

露西尔侧耳细听。似乎的确只有一人，如果那人负伤了，应该不会伤害她。门外又传来一声呻吟。露西尔心生怜悯；她开了锁，小心地打开门。

一个人迅速转进屋——居然是米格尔。"请阁下原谅，"他圆滑地说道，他的镇定总是让他卑劣的灵魂更强大，"我需要藏身之地。"

"你的伤呢?"她说。

"小计策而已，我需要你放我进来。我可以藏在哪儿? 他们也许很快就到。"

"屋顶，或天文台。"她指着另一扇门。

"别跟他们说。"

"我为什么要说呢?"她答道。尽管他着实冷静，露西尔却十分鄙夷。她很清楚，米格尔甚至会毫不犹豫地啃泥巴，只要能够得到报偿。

他上楼藏到屋顶的大望远镜下。此刻露西尔等待着。那天她心里五味杂陈，脆弱得无法承受更多精神压力。那阵沉闷的痛感依然还在胸口，好像是重创后的麻木和内伤。枪声渐远，向总统府那边飘去，城里这会儿又恢复了相对的寂静。

约九时，前门门铃响了，但那扇门已经倒了。她不敢离开房间。片刻后传来了上楼的脚步声。

"这里没有女士，那位年轻女士前天晚上回她阿姨家了。"一个声音说道，是那位老妇人的声音。露西尔的心欢快地跳了起来，热切渴望女同胞的理解。她冲过去打开门。贝汀站在那里，身旁有一位叛军军官。他把一封信递给露西尔："最高领导人让我把这个交给你，夫人。"

"最高领导人！"

"公共安全委员会主席。"

信中只说了政府军已被击退，结尾处写道，"现在只剩一种结局，几小时后实现"。

军官说他去楼下等着，也许她需要回信，说罢离开了房间。露西尔将老保姆拉进门，哭泣着拥抱她。这么可怕的夜晚，她都去哪儿了？贝汀在地下室。萨伏罗拉似乎特别关心贝汀，告诉她搬到地下室去睡，甚至提前一天下午就叫人去那里铺地毯、摆家具了。她按照萨伏罗拉的吩咐，一直待在那里。她崇拜萨伏罗拉，无比信任他，因此丝毫不为自己的安危担忧，但她为萨伏罗拉担心得坐立不安。这是她这世上唯一的亲人。其他人的情感都集中在丈夫、孩子、兄弟姊妹身上，而这善良的老妇人却把所有的爱全部倾注在这个人身上。萨伏罗拉还是个弱小无助的婴儿时就由她照料。他也没有忘记她。贝汀骄傲地展开一张字条，上面写着"注意安全"几个字。

总统府方向远远传来的枪声持续了一整个早上。一听街道恢复了安宁,米格尔就从藏身之处冒了出来,走进屋里。"我要见最高领导人。"他说。

"我丈夫?"露西尔问道。

"不,阁下,是萨伏罗拉先生。"米格尔迅速适应了新形势。

露西尔想到刚才那个军官,于是告诉米格尔:"刚来的那个人可以带你去市政厅。"

秘书非常乐意。他跑下楼,他们再也没看见他了。

老保姆的务实精神驱使着她投身于准备早饭的忙碌中。为了转移自己的注意力,露西尔给她打下手,很快就在鸡蛋和培根里寻得了安慰——人毕竟是血肉之躯。沿街的门口又增加了一名哨兵,让她们觉得舒了一口气。这是贝汀发现的。露西尔尚未走出之前的心绪,目睹惨象之后,她不愿再看向那条街。她的决定是正确的,尽管街垒已经无人驻守,但上面和四周还躺着二十多个几小时前还是活人的身躯。十一时左右,一些清道夫推着手推车来了。很快，人行道上只有斑斑血迹可以看出，曾在这里毁灭的远远不只是些财物。

这一上午，时间似乎走得很慢，她心绪不宁。总统府附近依然持续传来遥远的枪声。有时炮火声扩音变成一片低沉的轰鸣，还有时是一阵咔嗒咔嗒的零星枪声。终于，两时半，它蓦然停下。露西尔颤抖着。争端解决了——不管他们用了什么办法。她不愿面对任何一种结局。有时，她失魂落魄地紧紧抱住老保姆，后者还在白费力气地安慰她；有时她和老保姆一起做家务，或者顺从地品尝无奈的老人为她准备的各种美味。贝汀希望用惬意打消她的忧虑。

枪声停止后，不祥的寂静并未持续多久。贝汀正哄着露西尔吃一点特意为她做的蛋奶布丁，就在此时，她们听到了第一声炮响。那恐怖的爆炸虽然相隔遥远，却把窗户震得咯咯作响。她剧烈地抖动着。那是什么？她本以为一切就此结束，可爆炸一声接着一声，直到她们的声音几乎完全淹没在海港那边的轰响里。这场等待让两个女人心力交瘁。

# 第十九章
## 教育意义

蒂罗中尉安全地抵达了市政厅，因为街上虽然挤满了激动的人群，但他们都和平而友好，听他说要去见萨伏罗拉，便纷纷让行。市政厅是一座宏伟壮观的白色石制建筑，饰有精致的铸像和雕塑。建筑正面是铁栅栏围出的一片宽敞庭院，有三处入口，院中有一座大喷泉，环绕着著名已故公民的大理石雕塑，源源不断地喷出令人赏心悦目的水柱。整座建筑恰到好处地展现了劳拉尼亚首都的富庶和光彩。

两名叛军警卫端着上了刺刀的步枪，守在中门口，不让任何未经允许的人进入。信使在院中不停来往，勤务兵催马进进出出。大门外，一群人挤满宽阔的大街，尽管内心热血沸腾，大部分时候却很安静。疯狂的谣言在极度兴奋的人群中迅速传播。远处的枪声依然在清晰地持续着。

蒂罗轻松地穿过人群，却被堵在了门口的警卫那儿。他们禁止蒂罗入内。他忽然担心，自己冒了如此风险，却最终白跑一趟。所幸，一名正在庭院中的副官认出他是墨拉达的侍卫。蒂罗把名字写在一张纸上，请那人带给萨伏罗拉，即如今的"公共安全委员会主席"。副官离开十分钟后带着一名扎着红腰带的军官回来了，请中尉随他前往。

市政大厅里到处都是情绪激动、滔滔不绝的爱国者，他们迫切地希望效忠于争取自由的崇高事业——前提是无须自己冒着生命危险。他们都扎着红腰带，高声讨论战场发来的快报。信使出入频繁，把送来的消息张贴在墙上。蒂罗和他的向导穿过大厅，沿着一条过道匆匆走下去，来到一间小会议室的门口。周围站着几名传达员和信使，一位军官在外面站岗。他打开门，宣布中尉到来。

"请进。"一个熟悉的声音说道，蒂罗走了进去。这是一间饰有护墙板的屋子，两扇高高的玻璃窗深嵌在墙上，遮着褪色的厚重红窗帘。萨伏罗拉在屋里正中央伏案写字；戈多伊和雷诺斯在一扇窗户附近说话；另有一人在角落里奋笔疾书，蒂罗也没留意是谁。伟大的民主人士抬起头来。

"早安，蒂罗。"他欢快地说，但见到男孩脸上严肃又迫切的表情，便问他发生了什么。蒂罗迅速告诉他，总统愿意放弃抵抗。"好啊，"萨伏罗拉说，"莫雷特在那里，由他全权代理。"

"他死了。"

"怎么会？"萨伏罗拉的声音顷刻间变得低沉而痛苦。

"一枪射在喉咙上。"中尉简明地答道。

萨伏罗拉的脸色转白。他很喜欢莫雷特，两人也是多年好友。他霎时间对整场冲突只剩厌恶。但他竭力克制着自己，这绝不是扼腕痛惜的时候："你是说他们不肯接受投降？"

"我是说他们现在可能已经把人都杀光了。"

"莫雷特什么时候死的？"

"十二点一刻。"

萨伏罗拉看着身边桌上的那张纸："这是十二点半送来的。"

蒂罗看了一眼，上面有莫雷特的签名，写着："准备发起最后进攻。一切顺利。"

"伪造的，"中尉简洁地说。"我自己不到十二点半出发的，那时莫雷特先生死了都有十分钟了。有人接管指挥权了。"

"天哪，"萨伏罗拉说着从桌边起身，"是克罗伊茨！"他抓起帽子和手杖。"快走，要是不拦住，我敢肯定他会杀了墨拉达。也许还有其他人。我必须亲自去。"

"什么？"雷诺斯说，"这不合适，你的阵地在这里。"

"派个军官去。"戈多伊提议道。

"我找不到能说服群众的军官，除非你愿意亲自跑一趟。"

"我！不行，绝对不行！我想都不会想，"戈多伊迅速说道，"我去就是白跑一趟，我镇不住那帮人。"

"这可不像你这一上午说话的腔调啊，"萨伏罗拉平静地说，"或者说，至少不是你击退政府军进攻以后的语气。"然后他转向蒂罗，"我们走。"

他们正要离开房间，中尉突然发现坐在角落里写字的人在盯着自己。让他惊讶的是，这人竟是米格尔。

米格尔讽刺般地鞠躬致意。"我们又见面了，"他说，"向我学习的确非常明智。"

"你在侮辱我，"蒂罗的鄙夷溢于言表，"你是船还没沉就逃跑的老鼠。"

"它们很聪明的，"秘书反驳道，"留下也没有好处。我不止一次听说，侍卫总是最先离开战场的。"

"你这条肮脏的狗。"中尉回到自己更熟悉的机敏应答，通俗易懂。

"我不能再等了。"萨伏罗拉命令道。蒂罗服从了，跟着他离开。

他们经过走廊，穿过大厅，萨伏罗拉每到一处都引来一片欢呼，一辆马车在大门口等着。十二名扎红腰带、配来复枪的骑兵护卫在四周。等在大门口的群众见到他们的伟大领袖，便跟着院里的掌声一齐喊了起来。萨伏罗拉转向护卫指挥官。"我不需要保镖，"他说，"暴君才需要。让我自己去。"护卫随即退后。两人钻进马车，由健壮的马匹拉着驶入大道。

"你不喜欢米格尔?"过了一小会儿，萨伏罗拉忽然问道。

"他是个叛徒。"

"城里不缺这种人啊。我猜你也会喊我叛徒。"

"啊！不过你本来就是。"蒂罗直白地答道，萨伏罗拉短促地笑了一声。"我是说，"他继续道，"你总是想着怎么推翻政府。"

"我忠于我的背叛。"萨伏罗拉提示道。

"没错，我们一直在对抗你。但是这条毒蛇……"

"啊，"萨伏罗拉说，"你得接受别人本来的面貌。大公无私的人少之又少。你说的毒蛇也是条可怜虫，但他救了我的命，让我反过来救他一命。我还能怎么办？况且他的确有用。他清楚国家财务的真实状况，也知道外交政策的细节……我们怎么停下了？"

蒂罗向外望去。一座街垒把这条大街堵成了死路。"试试下个路口，"他对车夫说，"快点。"嘈杂的开火声已经听得清清楚楚。"今天早上我们差点就拿下来了。"蒂罗说。

"没错，"萨伏罗拉答道，"他们告诉我了，很难击退你们的进攻。"

"你那时候在哪儿?"这男孩吃惊地问道。

"在市政厅,睡着了。我太累了。"

蒂罗不由感到一阵厌恶。看来这个伟人也是懦夫了。他总是听说,政客都会把自己保护得好好的,派人替他们打仗。不知怎么,他本以为萨伏罗拉不是这种人。他对马球了如指掌,可居然和其他政客是同一路货色。

萨伏罗拉很快就注意到了蒂罗那表情,他淡淡地笑起来。"你是觉得我应该上街打仗吧?相信我,我在那里面更管用。你如果看到交战时的市政厅里是怎样一幅惊恐万状的场景,就会明白我那会儿胸有成竹地睡个觉绝不算坏事。况且,该做的都做到了。我们也没做出误判。"

蒂罗依然心存疑虑。萨伏罗拉给他留下的好印象已经毁了。他对这个人的政治胆识早有耳闻,但在蒂罗眼中,肢体力量比精神支持重要多了。他无法接受,萨伏罗拉只是一个夸夸其谈的人,在口头工作上逞英雄,面对实质性任务却畏首畏尾。

马车又停了。"这些街道全被封锁了,先生。"车夫说道。

萨伏罗拉看着窗外。"我们快到了，下来步行吧，从宪法广场穿过去不到一公里。"他跳了下去。这座街垒空无一人，城中这一片街区都是如此。大部分叛军都在进攻总统府，和平的市民则待在家中或市政厅外。

　　他们手脚并用地爬过矮墙——其实是在两辆推车上下堆满石板和沙袋搭建的——然后匆匆沿街前行。他们来到了城市的大广场上。最远一端是议会大厦，叛军的红旗在塔楼上飘扬。它的入口处挖了一条战壕，隐约可以看见里面有几名士兵。

　　他们穿过了四分之一的广场，突然，从三百米开外的阵地上喷出一股烟。接着又来了五六枪。萨伏罗拉惊呆了，忽然怔在那儿，但中尉立刻反应过来："快跑！"他喊道，"雕塑——去那后面躲着。"

　　萨伏罗拉奋力跑过去。街垒那边继续开火。他仿佛听见了空气中的两声飞吻。有个东西撞在他前方的路面上，溅起一团碎片。他经过那儿时，冒出一小块灰渍。他身旁的围栏又发出咣的一声巨响。路面扬起几股奇怪的烟尘。跑着跑着，他渐渐明白这一切了。好在距离不远，他活着躲到了雕塑后面，那巨大的基座足够两人躲藏。

"他们在朝我们开枪。"

"是啊，"蒂罗答道，"该死的！"

"怎么会呢？"

"我的制服……他们太狠了……看到有人在跑……对他们来说……觉得好玩，我跟你说。"

"我们必须继续。"萨伏罗拉说。

"我们不能横穿广场了。"

"那要走哪边呢？"

"我们必须用雕塑打掩护，跑到远离他们的街上，再找一条街左转。"

一条主干道穿过大广场中央，与他们前进的方向呈直角，通往广场之外。以雕塑做掩体，沿这条路撤出去，再转上一条平行的街道继续，这还是可行的。这样，他们就能避开战壕的子弹——这条线路只会经过几米长的危险区域而已。萨伏罗拉看着蒂罗指引的方向。"这条显然更短。"他指着穿过广场的那条路说。

"短多了，"中尉答道，"但几秒钟就能让你上天。"

萨伏罗拉起身。"来吧，"他说，"我不能瞻前顾后。人命关天，时间紧迫。况且，这很有教育意义。"

　　他满脸红光，双眼发亮。奋不顾身的冲动、对刺激感的向往，让他热血沸腾。蒂罗惊讶地看着他。尽管蒂罗是个勇敢的人，他也不想跟在一个发疯的政客后面狂奔寻死。当然，他更不甘落于人后。他二话不说，退到基座最远一头，准备，加速，然后跃入广场，没命似的跑。

　　他不知道自己是怎么通过的。一颗子弹削掉了他的帽尖，另一颗扯烂了他的裤子。他见过许多人在行动中丧生，也料到了那可怕的一击会把他撂倒在人行道上。他本能地举起左臂，似乎想护住脸。他终于到达安全地带了，大口喘息着，将信将疑。然后他向后望去。萨伏罗拉才走过一半，昂首挺胸地迈着沉稳的步子。相隔三十米时，他停住脚步，摘下毡帽，冲着远处的街垒轻蔑地挥舞着。他举起胳膊时，蒂罗见他突然一颤。帽子落到了地上。他没去捡。很快，他走到了蒂罗身旁，脸色苍白，牙齿紧咬，似乎每一块肌肉都紧绷着。"现在告诉我，"他说，"你管那个叫战火吗？"

"你疯了。"中尉回敬道。

"为什么，请赐教？"

"为了嘲笑他们，差点送掉自己的命，这有什么意思呢？"

"啊，"他兴奋地答道，"我是冲命运挥帽，不是冲着那些不负责任的畜生。现在该去总统府了，也许我们已经迟了一步。"

他们匆匆穿过空无一人的街道。此时的枪声越来越响，还混杂着人群的叫喊。他们离总统府很近了，穿过一群群人，大部分是紧张眺望着战场的平民。有几人恶狠狠地盯着蒂罗，因为他的制服十分显眼。但其他人都在脱帽向萨伏罗拉致敬。长长一排担架队经过他们，呈一路纵队缓缓撤离战场，每副担架上都有一具苍白破碎的人形。人群越来越密，到处都能看到武器。叛变的士兵依然穿着自己的制服，工人穿着工作服，其他人穿着民兵制服，都扎着起义的红腰带。萨伏罗拉到来的消息已经在前面传开，人群分出一条道，欢呼着为他让路。

前方枪声忽然停了下来，沉寂片刻，接着突然又是一阵噼啪的爆射，还有许多喉咙里发出的低沉咆哮。

"全完了。"中尉说。

"再快点!"萨伏罗拉喊道。

# 第二十章
# 解决争端


　　蒂罗中尉沿着电话线逃走后大约一刻钟，叛军重新开始进攻总统府。他们似乎找到了新领导，表现出良好的作战默契。四面的火力越来越猛。接着，在火枪手的掩护下，敌人同时从几条街冲出来，沿着大道发动凶猛的进攻。卫戍部队用稳健的开火报以有力的反击，只是子弹匮乏，令他们无法阻止对方前进。许多人倒下了，但是还有更多人奋不顾身，以院落墙根为掩护向前推进。防御者发觉外围防线即将失守，便退回建筑物内部，守在入口处的大柱子后面。他们精确地瞄准任何一个在墙边探头或者暴露自己的敌人，一度成功地拖延了敌军。然而，毕竟叛军人数众多，在枪战中渐渐占据上风，反倒让防御者发现，他们自己探出头来射击也非常危险。

　　进攻方的火力越来越密集，守方的却逐渐减弱。进攻者已经占据了整片外墙，让政府军余部的火枪彻底哑然无声。然而进攻者依然对坚定的人表现出了谨慎的尊重，决不给对方留下任何机会——二十支来复枪还在瞄准里面探出的脑袋开火。他们在这样的火力掩护下拖来了那台轰开院门的野战炮，朝着一百米外的总统府开火。炮弹砸穿石头外墙，在大厅里爆炸。又一炮几乎径直打穿了整栋建筑，在靠后面的早餐厅里爆炸。窗帘、地毯和椅子全部燃起熊熊烈火。很明显，总统府保卫战已接近尾声。

长期以来，索伦托始终要求自己以纯粹的专业视角看待战时发生的一切。他曾吹嘘自己最享受的军事行动就是将溃败的队伍组织成一支撤退后卫部队。但此刻他感到无力回天。他向总统走去。

墨拉达站在自己生活、统治了五年的殿堂中，满脸的悲愤绝望。小径上镶嵌的图案被炮弹的铁片撕裂剥落，彩绘屋顶的大块残片砸在地上，深红色的窗帘在闷燃，玻璃窗的碎渣洒落一地，浓烟从总统府另一头飘过来。总统的姿态与神情同这片废墟一模一样。

索伦托郑重其事地敬礼。他只相信也只会坚定地遵守军事的行为准则。"长官，"他正式地说道，"鉴于叛乱者采用近距离炮击战术，我有责任向你指出，此地难以防守。我们必须冲锋，以缴获大炮，将敌人逐出庭院。"

总统会意了——他们应该冲出去决一死战。这一刻的痛苦过于强烈，大仇未报的刺痛感加重了他对死亡的恐惧。他放声哀号。

突然，人群爆发出一声大喊。他们看见了起火的浓烟，知道胜利在望。"墨拉达，墨拉达，滚出来，独裁者！"他们喊道，"要么出来，要么烧死！"

通常，人们若确信自己将死，便只求视死如归，带着尊严离开生命的舞台。这种欲望会战胜其他一切情感。墨拉达记起，自己毕竟也是个著名人物。他曾经像位国王。全世界都会将目光转向接下来的一幕。它将在异域传开，留待后世思考。既然必死无疑，索性死得英勇。

他召集最后的防御者围在身边。只有约三十人幸存，这还包括了伤员。"先生们，"他说，"你们自始至终都忠心耿耿，我不会再让你们为我牺牲。

我的死足以平息那群畜生。你们不必再效忠于我，我令你们投降。"

"决不！"索伦托说。

"这是军令，先生。"总统答道，向门口走去。他穿过震得粉碎的木质结构，走向外面那段宽阔的台阶。院子里挤满了人。墨拉达向前走下楼梯的一半，然后停住了。"我来了。"他说。众人瞪着他。一时间，他站在灿烂的阳光下，深蓝色的制服上闪耀着劳拉尼亚之星，还有许多外国的勋章和奖牌，制服敞开处露出了打底的白衬衫。他没戴帽子，昂首挺胸。一时间只剩寂静。

接着，庭院里、墙头上乃至对面房屋的窗口中齐射出一排参差不齐的子弹。总统的脑袋猝然前伸，双腿中弹，软绵绵地倒在地上。这躯体滚下两三级台阶，躺在那里虚弱地抽搐。一个身着黑西装的男人，向总统逼近，这人显然是群众的领导。然后，只听得一声枪响。

与此同时，萨伏罗拉和他的同伴赶到，跨过残破的大门走进庭院。暴民一边迅速让出道路，一边沉浸在阴郁而内疚的静默中。

"跟紧我。"萨伏罗拉对中尉说。他径直走向台阶，那里暂时还没被叛军攻占。停火后，已经有军官从立柱间走出来，还有人挥了挥手帕。

"先生们，"萨伏罗拉大声喊道，"我呼吁你们投降。你们能免于一死。"

索伦托迈向前来。"根据总统阁下命令，我交出总统府和守卫它的政府军。前提是保证他们的生命安全。"

"一言为定。"萨伏罗拉说，"总统在哪里？"索伦托指着台阶另一侧。萨伏罗拉转身走过去。

曾任劳拉尼亚共和国总统的安东尼奥·墨拉达，躺在自己的总统府门口最低的三级台阶上，脑袋耷拉着。几米之外站着一圈人，那是他曾经统治过的人民。一个身着黑西装的人正在给自己的左轮手枪装弹——卡尔·克罗伊茨，秘密社团的头号人物。总统因身上中弹大量失血，但致命一击显然在头部。后脑勺和左耳后侧的颅骨炸飞了，很可能是近距离射击的爆炸冲击力粉碎了面部的所有骨骼，因此这张脸尽管皮肤完整，看起来却像是装着碎瓷器的洗漱包。

萨伏罗拉骇然驻足。他望着人群，众人躲避他的眼神。他们渐渐曳步后退，留下那个一身阴沉的人独自与伟大的民主人士当面对质。人群突然悄无声息。"谁是谋杀犯？"他嘶哑地低声说着，目光紧锁在秘密社团头领身上。

　　"这不是杀，"这人顽固地答道，"这是处决。"

　　"谁的命令？"

　　"代表秘密社团处决。"

　　见到敌人的尸体，萨伏罗拉被恐惧震慑住了。但与此同时，一种可怕的欢乐在扯动他的心——障碍消除了。他努力压制那种感觉，然而这压抑又带来了愤怒。克罗伊茨的话激怒了他。疯狂的暴躁撼动着他的整个世界观。这一切都会算在他头上——欧洲人会怎么想，全世界又会怎么说？悔恨、耻辱、怜悯，他竭力粉碎的邪恶快感，共同汇聚成一股强烈而无法控制的冲动。"可恶的人渣！"他喊着走下台阶，一手杖抽在对方脸上。

　　在剧痛的刺激下，那人扑上去掐住他的脖子，但蒂罗中尉已经拔出了剑。侠义的他举起强壮的臂膀，倏地挥剑劈下。克罗伊茨滚到地上。

这一下如同弹簧崩开，群众的愤怒顿时决堤，爆发出一阵大喊。尽管革命者早就对萨伏罗拉的声名如雷贯耳，但他们更熟悉的是其他领导人和基层负责人。卡尔·克罗伊茨深受人民爱戴。他关于社会革命的文章被广为阅读。作为秘密社团的头领，他背后有强大的力量支持，也领导了攻占总统府战役的后半场。而现在，一名敌人的军官就在众人眼前杀死了他。他们带着冲天怒火，大喊着拥上前来。

萨伏罗拉向后跳上几级台阶。"公民们，听我说！"他喊道，"你们赢得了胜利，不要让它蒙羞。你们带着勇气和爱国热情凯旋，但别忘了，我们是为了古老的宪政而战。"他被叫喊和讥讽打断。

"我做了什么？"他反驳道，"和站在这里的诸位一样，我也在这场伟大的事业中出生入死。这里有人受伤吗？站出来，我们是同志。"这是他第一次自豪地举起左臂。蒂罗终于理解他当初为何要冒着枪林弹雨跑过宪法广场了。他的衣袖烂了，浸着鲜血。他的亚麻衬衫透着深红色。他的手指僵硬，沾满血污。

这一形象深深印在众人心中。戏剧性的场景对暴民总是具有强大的吸引力。他们动摇了，感到了强烈的共鸣。任何一个人见到共赴险境的伤员都会有所触动。局势一瞬间扭转，现场响起了欢呼，刚开始很微弱，随后越来越响亮。庭院外，不知所以然的群众也跟着欢呼起来。于是萨伏罗拉继续。

"我们的国家，结束了暴政，必须有一个公平清白的新起点。那些篡夺和滥用权力、绕开人民上台的掌权者，理应受到惩罚，无论他是总统还是公民。这些军官也必须在共和国的审判中为自己的行为承担责任。然而，接受自由审判是每一位劳拉尼亚公民的权利。同志们，我们取得了重大胜利，但战斗还没结束。我们歌颂了自由，现在还要努力让她留下来。先把这些军官扣押在监狱里，还有其他工作在等着你们。舰队要回来了，现在放下来复枪还不是时候。谁愿意奋战到底，坚持到最后？"

一个人迈上前来，头上的绷带渗着血。"我们是同志，"他喊道，"握手。"

萨伏罗拉一把握紧他的手。这是叛军的一位下级军官，他单纯诚实，与萨伏罗拉相识不过几个月。"我要将一项重大的责任托付给你。请把这些军官和士兵押送到国家监狱。我会派人骑马传达具体指令。有护卫吗?"不少人自愿站出来。"那就出发去监狱吧,切记,共和国的声誉取决于他们能否安全抵达。"他转向总统府的幸存防御者补充道,"出发吧,先生们,你们没有生命危险,我以人格担保。"

"阴谋家的人格。"索伦托嘲讽道。

"随你怎么说,先生,但请服从。"

这些人动身了,不少群众围观着尾随他们,只有蒂罗留在萨伏罗拉身边。就在此时,一声闷响从海滨传来。舰队终于回来了。

# 第二十一章
# 舰队归来

德梅洛上将信守承诺，也执行了经由官方渠道向他下达的命令。距塞得港不到一百海里时，载着共和国信使的通讯快船与他们相遇。他立刻掉转航向，朝前不久才离开的城市全速开进。他的舰队有两艘战列舰，尽管航速缓慢、设备陈旧，却依然叫人胆战心惊，此外还有两艘巡洋舰和一艘炮艇。不巧的是，旗舰命运女神号有根蒸汽管爆裂，延误了几小时的行程，直至次日下午两点才绕过岬角，看到洁白美丽的劳拉尼亚城出现在船头右前方。军官们紧张地扫视着首都。这是他们为之骄傲的家园。他们的担忧并非毫无根据。五六簇浓烟飘在街道和庭园的上空。外国船只已经驶出内港，泊在接近开阔水域的锚地里，多半冒着蒸汽。一面陌生的红旗在防波堤尽头的要塞上飘扬。

上将发出减半速前进的信号，小心翼翼地探向航道入口。这里的设计会迫使经过的船只暴露在岸上重炮的交叉火力之下。水面本身将近一海里宽，但航道不仅狭窄，而且非常危险。德梅洛对这里的每一寸都了如指掌，他在命运女神号中坐镇指挥，两艘巡洋舰索拉托号和皮特拉克号跟在后面，接着是炮艇里恩齐号，另一艘战列舰萨尔丹霍号压阵。准备作战的信号已经发出，水兵和军官各就各位，舰队顺着涨潮，缓缓开进航道口。

叛军的炮手不拘礼节。命运女神号一进入火力范围，岸上的九英寸大炮就喷出来两大团硝烟。两颗炮弹都打高了，呼啸着穿过战舰的桅杆。战舰加速至七节，继续引领随行船只穿越航道。要塞的每一台炮都朝着旗舰开火，但瞄准技术欠佳，射弹欢快地在水面上跳飞，激起一道道水柱。旗舰直到航道入口才被击中。

一枚内含烈性炸药的重磅炮弹在命运女神号的左舷炮塔上炸开，造成近六十人伤亡，四门炮也被炸毁了两门。这只巨大的机器怪物被激怒了，它迅速转动船首炮塔瞄准岸上炮台，剩下的两门大炮几乎同时发射，强大的后坐力震得整艘战舰摇摇晃晃。两炮一齐击中了石制工事，掀起了飞扬的尘土和碎片，然而破坏力十分有限。叛军的炮手躲在工事里，除非弹片从射击孔飞进去，否则不会威胁到他们。而这些射击孔都只有在火炮从炮架上开火时才能被发现。

尽管如此，这艘巨舰还是在四面喷火。她动用无数门速射炮搜索着炮眼，毫不吝惜地飞速喷吐炮弹。有些炮弹成功穿透了防弹工事，叛军也开始损失人手。随着舰队前进，交叉火力越来越猛，双方都向对方的每一阵炮火报以更凶猛的回应。对射异常激烈，重炮爆炸的巨响几乎被接连不断的速射炮声盖过去了。海港的水面到处是一团团溅起的泡沫，晴空下映衬着炮弹爆炸的一簇簇白烟。命运女神号的主炮此时彻底沉寂了。又一颗炮弹爆炸，带来一场残忍的屠杀，幸存的水兵纷纷跑进有装甲保护的船舱里，就连军官也无法劝说他们回到那片可怕的屠场中，在那儿，同志们四分五裂的残躯还散落在大块毫无知觉的钢铁碎片中。船舷布满了弹痕，水泵开足马力从排水口抽出涌入的海水。命运女神号的烟囱几乎被削得和甲板齐平，飘荡的黑烟逼走了船尾炮塔的射手。她已经残破不全，千疮百孔，动力却未受影响；而指挥塔里的船长，发觉她的船舵依然听从使唤，一面庆幸着自己的好运，一面沿着航道前行。

巡洋舰皮特拉克号的蒸汽操舵装置被一枚炮弹炸变了形，卡住以后失控搁浅在沙洲上。要塞用加倍的火力把她打成碎片。她亮出白旗，停止开火，但岸炮根本没有理睬。其他船只不敢冒着搁浅的风险营救。她成了一具残骸。三点时，伴随着一声惊天巨响，这艘战船爆炸了。

萨尔丹霍号受损最轻，这艘重装甲战列舰有力地掩护了炮艇。四十分钟的混战后，整支舰队通过了炮台，死伤两百二十人，其中不包括皮特拉克号上集体阵亡的船员。叛军损失约七十人，要塞所受的破坏甚微。但现在轮到水兵们主宰大局了。劳拉尼亚城将任由他们摆布。

上将率舰队在离岸五百米处抛锚。他竖起休战旗。考虑到所有船只都在猛烈的对轰中遭到重创，他向海关大楼打出信号，表示迫切期望谈判，希望对方派来一位军官。

约一小时后，登岸码头那边放下了一艘工作

艇，驶到命运女神号的船舷。两名身着共和国民兵制服的叛军军官上船了，他们都扎着红腰带。德梅洛在千疮百孔的旗舰尾甲板上礼数周到地接待了他们。尽管他是个粗野的水手，却也同不少地方的人打过交道，多次身处危险的经历、对权力的清醒认识极大地改善了他的言谈举止。"请问，"他说，"我们回到故乡，何以受到如此款待？"

头衔更高的那位军官答道，要塞直到遭遇炮轰才开火还击。这一点上将没同他争论，只是询问城里发生了什么。大革命爆发、总统身亡的消息深深地触动了他。他是个真诚率直的人，而且和索伦托一样，是墨拉达的老相识。军官继续道，临时政府愿意接受他率领舰队投降，他和他手下军官们将会被列为战俘善待。他说着取出了公共安全委员会的授权令，上面印有萨伏罗拉的签名。

德梅洛轻蔑地要求他严肃一点。

军官指出，舰队这般伤痕累累的状态经不起新一轮的炮轰，而且最终会弹尽粮绝。

德梅洛回应道，港口前端要塞的情况也差不多，他的大炮现在能叫军事防波堤和岬角那片的防御工事全都听命。他还强调，自己船上有六周的补给和基本充足的弹药。

军官无法否认对方的优势地位。"的确如此，先生，"他说，"是否愿意为临时政府以及自由与正义的伟大事业效力，选择权在你。"

"现在，"上将冷冷道，"好像是正义事业需要我来支持吧。"

军官无言以对，只称他们为自由的议会而斗争，现在要按新的规矩行事。

海军上将转了一两圈才给出答复。"我的条件是这样的，"他终于说道，"这场阴谋的策划者和领导人——这个萨伏罗拉——必须立刻投降，接受审判，罪名是谋杀和叛乱。若不同意并执行，我决不妥协。明晨六时前完成，否则我将炮轰这座城市，直到执行为止。"

两位军官均表示抗议，称这是野蛮行径，并暗示他将为自己的炮弹负责。上将拒绝讨论此事，且不愿考虑其他条件。两人无法说服他，只得乘工作艇回岸。此刻已是四时。

最后通牒传到市政厅的公共安全委员会，众人当即惊慌失色。一想到炮轰，那群叛军胜券在握后才加入革命队伍的胖议员就感到难以接受。这也让那些社会主义者坐立不安——尽管他们极力赞成把炸弹用在别人身上，却不希望亲身体验它们的威力。

军官复述了他们的会谈以及海军上将的要求。

"如果我们不同意呢？"萨伏罗拉问道。

"那他将于明晨六时开火。"

"嗯，先生们，我们要忍着点儿了。他们不敢把弹药耗尽的，等他们看到我们的坚定决心就会让步的。女人和孩子可以安全地躲在地下室里，而且我们可以把要塞的一部分大炮转移到海港……"没人表现出有兴趣，"……这将会是一场昂贵的赌博。"于是他补充道。

"还有一种更廉价的办法。"桌子那头，一名社会主义者代表郑重其事地说。

"你有何提议？"萨伏罗拉死死盯着他。克罗伊茨生前与此人交往甚密。

"我认为，要是起义领导人愿意牺牲自我、服务于整个社会，后者就无需付出沉重代价了。"

"那是你的主意。我听从委员会多数成员的意见。"许多在座的人都大喊起来:"不行!过分!""野蛮!"虽有些人沉默不语,但萨伏罗拉的支持者显然占绝大多数。"那好,"他尖刻地说道,"公共安全委员会不打算接受这位可敬成员的提议。它被否决了,"他冷酷地看着那人,对方脸色煞白,"因为他生活在更文明的人中间。"

长桌那端站起了另一人。"看,"他生硬地说,"就算这座城市任他们摆布,可我们还有人质。今天上午不知天高地厚跟我们作对的三十个家伙还在我们手里。我们派人去告诉上将,他每射一发炮弹,我们就打死一人。"

房间里发出了一阵表示赞同的小声嘀咕。不少人认可这一提议——他们认为这只是种威胁,绝不会付诸实践,也都希望用它挡住炮弹。无论萨伏罗拉的计划多么明智,都让人难以接受。这个新提议显然大受欢迎。

"绝对不行。"萨伏罗拉说。

"为什么?"好几个声音问道。

"先生们,因为这些军人是根据协定投降的,因为共和国不能残杀无辜。"

"我们分赞成和反对两组表决。"这人说。

"我反对分组表决。这不是辩论或观点性的问题，而是是非问题。"

"不管怎样，我赞成投票解决。"

"还有我""还有我""还有我"，许多声音喊道。

投票开始了。雷诺斯以法律为出发点，表示军官一案"仍在审理中"，所以支持萨伏罗拉。戈多伊弃权。赞成该提议的占多数，二十一比十七。

唱票结果引来一阵欢呼。萨伏罗拉耸耸肩："这个结果真是令人难以置信。我们一早上就变回野蛮人了吗？"

"还有另一个选项。"克罗伊茨的朋友说道。

"确实有，先生。比起执行这个新计划，我应该欣然接受那另一个选项。但是，"他咄咄逼人地低声道，"应该先请人民发表意见，这样我才能有机会让他们看清，他们和我的真正敌人究竟是谁。"

这人没有回应萨伏罗拉堂而皇之的威胁。他和其他人一样畏惧萨伏罗拉强大的支配力，以及他在暴民中的影响力。打破沉默的是戈多伊，他说这件事委员会已经决定了。于是他们很快拟好了一封信，派人送给上将，警告他若是炮轰城市，军队战俘就会被打死。商讨完毕，委员会成员各自散去。

萨伏罗拉留到最后，看着其他成员一边说话一边缓缓离开。然后他起身走进用作办公室的里屋。他的情绪低落。尽管伤势不重，伤口还是隐隐作痛。但更糟的是，他感受到了明显的敌意：党派在逐渐脱离他的掌控。胜负未见分晓时，他是不可或缺的领导；现在他们却做好了撇开他的准备。他回想起这天经历的一切——夜里的可怕场景，战时的激动和焦虑，广场上的新奇体验，还有，最后这个沉重的决定。然而，他已经下定决心。以他对德梅洛的了解，足以猜到他的答复。"他们是军人，"他会这么说的，"必要时就得牺牲。没有俘虏会让战友为自己妥协。他们也不该投降。"他可以想象到，等到炮轰开始，恐惧会化作残忍，群众会把领导人们所谓的威胁变成现实。无论如何，事态都不能如此发展下去。

他拉响铃铛。"叫秘书来一下。"他对侍者说。那人离开，片刻后带回了米格尔。"谁在管理监狱？"

"我猜那儿没换人，革命与他们无关。"

"嗯，写一道命令发给典狱长，用封闭的马车将今天下午俘获的敌军士兵送往火车站。今晚十点前必须到。"

"你要释放他们吗？"米格尔睁大眼睛。

"我要把他们转移到安全地带。"萨伏罗拉含糊地回答。

米格尔不再多说，只顾誊写命令。萨伏罗拉拿起桌上的电话，打给火车站。"叫车务主管来接。在吗？……公共安全委员会执行委员会主席……听得见吗？准备一辆专列……可载三十人……晚上十点前做好准备。开放通往边境的线路……没错……直达边境……"

米格尔正在飞速写字，猛然抬起头，却未发一言。尽管他在总统垮台乃至死亡时弃他而去，但他对萨伏罗拉更是恨之入骨。他忽然生出了一个主意。

# 第二十二章
## 得失相倚


算起来，发生了这么多重大事件，其实距离萨伏罗拉离开家赶往市政厅不过数小时而已。这场复杂而周密的阴谋在秘密酝酿数月之后终于爆发，震惊了世界各国。整个欧洲都对这场可怕的动乱惊诧不已，毕竟它在几小时内就颠覆了统治劳拉尼亚五年多的政府。激烈的战斗在九月九日持续了一整天，死伤超过一千四百人。财产遭到严重破坏。参议院起火，总统府被毁，此外还有许多商店和民宅遭到暴民和叛军洗劫。城市的部分区域仍在燃烧。许多空荡荡的家中只剩下哭泣的女人。救护车和市政手推车在街上清运尸体。这一天将永载史册。

这段可怕的时间里，露西尔一直在等待。她听着火枪声，有的遥远而断续，有的在近处响个不停，它们好像盛怒之下的巨人，一会儿沉入阴郁的小声嘟哝，一会儿又爆发出高声咒骂。她悬着心，忧心忡忡地聆听，直到骇人的炮轰盖过枪声。老保姆每隔一会儿就会为她提供一点体贴周到的物质安慰——浓汤、蛋奶糕，等等，在它们的间歇中，露西尔不停地祈祷。直到四点，她收到了萨伏罗拉的消息，告诉了她发生在总统府的悲剧。此前，她不敢在祈愿中多加一个名字；但在此后，她终于祈求慈悲的神明拯救她所爱之人的生命。她没有为墨拉达哀悼。尽管他的死可怕而残忍，露西尔却没感到丧夫之痛。然而一想到墨拉达因她而死，她心中就充满恐惧和内疚。倘若如此，她暗想道，一道障碍消除，却被另一道障碍替代了。但心理学家也许会轻蔑地断言，此刻唯有武力和死亡这两道屏障，才能隔开她对萨伏罗拉的感情——她祈祷萨伏罗拉平安归来，以求自己不至于茕茕孑立。

她的生命中似乎唯有爱情留存，但有了这份爱，生活更加真实，比总统府中那段光鲜亮丽、大权在握、万众瞩目的冰冷日子要绚烂得多。她找到了缺失的那一部分，他也一样。对她来说，这份爱像是冉冉升起的晨光照在透明棱镜上折射出的彩虹，像是雪峰上映出的粉色、橙黄和紫罗兰色的光晕。对萨伏罗拉来说，雄心壮志的蓝白色火苗在爱

情的烈焰下显得无比微弱。这粗粝的世界中也有些
事物能让人类灵魂变得更加精纯。他感到自己的情
绪和想法都发生了变化。他不再向命运挥帽，他的
勇气中增添了一份谨慎。从见到总统府台阶上躺着
的那具可怜又可怕的尸首的那一刻起，他便感受到
了更多力量对他生命的影响。更多关切，更多希
望，更多渴望，都进入了他的脑海。他开始找寻新
的理想典范，新的快乐标准。

　　他带着疲惫和憔悴走回家。他在之前的二十四
小时内承受了可怕的重压，而想到未来的一切更令
他焦心。他绕过委员会决议将战俘送至境外的决定
可能带来不堪设想的后果。他坚信，这是唯一的办
法。至于结果，他并不在乎对他本人的影响。他想
起莫雷特——可怜的莫雷特，勇敢又冲动，巴不得
一夜之间就把这个世界变好。这样一位朋友的离去
对他来说是个惨痛的损失，无论是私人感情上还是
政治上。死亡带走了唯一大公无私的人，也带走了
他危急关头唯一的依靠。疲惫、对奋斗的厌恶、对
安宁的渴望，注满了他的灵魂。他为之不辞辛苦长
期奋斗的目标即将实现，可它似乎毫无价值——更

准确地说，它与露西尔相比毫无价值。

身为革命者，他早已为自己和自己的财产在海外备好了后路，以防有朝一日不得不逃离劳拉尼亚。离开纷纷扰扰、流血杀戮的场面，与彼此深爱的佳人长相厮守，成了他最强烈的渴望。然而，当务之急是建立新政权，替代他推翻的政府。可是每当想起那群棘手的代表，那帮曲意逢迎、企图谋取一官半职的小人，还有软弱多虑、胆小如鼠的同僚，他就感到力不从心。仅仅数小时之间，这个意志坚定、雄心勃勃的人已经改变了许多。

他进门时，露西尔起身相迎。命运终将他们推到一起，露西尔生命中的其他希望不复存在，她也没有别人可以求助。可她惊恐地望着萨伏罗拉。

他那敏捷的心思猜到了她的疑虑。"我去救他了，"他说，"但哪怕我负伤抄近路赶去，还是晚了一步。"

她看到了萨伏罗拉缠着绷带的胳膊，深情地望着他。"你是不是很看不起我？"她问道。

"没有，"他答道，"我不会娶一个女神。"

"我也不会，"她说，"嫁给一个哲学家。"

接着两人相吻，此后他们的关系就很纯粹了。

尽管辛苦了一天，萨伏罗拉还是无暇休息，有很多事情在等着他。和那些短时间内承受重压的人一样，他诉诸药物调节。他走到房间一角的小柜子那边，给自己倒了一点强效药，驱散睡意，恢复了持续工作的活力。然后他坐下，签署命令、指示，还要处理从市政厅带回的一堆文件。露西尔见他如此忙碌，起身返回自己屋里。

夜里一点左右，门铃响了。萨伏罗拉生怕吵醒老保姆，亲自跑下楼开门。蒂罗穿着便装走了进来。"我来给你报个信。"他说。

"报什么信？"

"有人告诉公共安全委员会，说你释放了战俘。他们召集了紧急会议。你觉得你能对付他们吗？"

"这个恶魔！"萨伏罗拉沉思道。片刻后他又补充道："我现在过去参加会议。"

"通往边境的路上设了驿站，"中尉说，"是总统过去让我安排的，方便他不得已时送走夫人。如果你想退出游戏，可以用它们逃走，各个驿站都听从我的命令。"

"不了，"萨伏罗拉说，"谢谢你为我考虑，但我刚把这个国家从暴政中解救出来，现在必须再把这群人从自己手里解救出来。"

"你已经解救了我的战友们，"这男孩说，"你完全可以相信我。"

萨伏罗拉看着蒂罗，突然冒出了一个想法："既然设置驿站的目的是把总统夫人送去中立国，那最好别浪费它们。你能领她去吗？"

"她在这里？"中尉询问。

"在。"萨伏罗拉直言不讳。

蒂罗大笑起来，他一点儿也不反感："我现在每天都能学到一点儿政治了。"他说。

"你冤枉我了，"萨伏罗拉说，"但你可以按我说的办吗？"

"当然可以，什么时候行动？"

"你什么时候可以？"

"我半小时之内把长途马车带来。"

"好，"萨伏罗拉说，"感激不尽。我们一起经历了不少事情。"

他们热忱地握手，中尉出发去找马车。

萨伏罗拉上楼敲响露西尔的房门，告诉了她这个计划。她恳求萨伏罗拉同行。

"我也想，"他说，"我受够了。但我不能让他们自己收拾烂摊子。我对权力没有半点儿兴趣。等一切安顿好了，我就立刻回来，然后我们永结同心、白头偕老。"

但无论是他愤世嫉俗的玩笑，还是有理有据的分析，此刻都安慰不了露西尔。她搂住萨伏罗拉的脖子，苦苦哀求他不要抛弃自己。他心如刀绞，但最终还是忍痛抽身，戴上帽子，穿上外套，向市政厅走去。

这段路程有一公里多。走到一半，他忽然遇见一名军官带着一队叛军在巡逻。他们叫住了他。他把帽子压低到眼睛，不希望这时被人认出。军官上前一步——他正是那位同样受了伤的军官，在总统府投降后接受萨伏罗拉的委托护送战俘。

"离圣马可广场还有多远？"那人大声问道。

"就在那儿，"萨伏罗拉指着说道，"二十三街。"

对方立刻认出了他。"前进。"他对手下说，巡逻队出发了。"先生，"他迅速而小声地对萨伏罗拉说，好像他瞬间做出了一个决定，"委员会下令搜捕你。他们要把你交给海军上将。快跑，趁现在还来得及。我会领我的人兜一圈，给你争取二十分钟。快跑，这也许会让我吃点苦头，但我们是同志——这是你自己说的。"他轻轻按了下萨伏罗拉受伤的胳膊。然后，他向巡逻队朗声道："那条街走到头右转，最好别走大道，免得他从小道溜了。"接着又对萨伏罗拉说："还有其他人在搜捕你。别耽搁。"说罢，他匆忙追向自己的手下。萨伏罗拉停顿了片刻。前进，等待他的将是监禁，也许还有死亡；返回，则是安全和露西尔。换作前一天，他会撑到事情解决；但他的神经已经紧绷了很久——何况现在也没什么能挡在他和她之间了。他转身，匆忙赶回家。

旅行马车停在门口。中尉已经把哭泣的露西尔扶进去了。萨伏罗拉喊住中尉。"我还是决定离开。"他说。

"这首都！"蒂罗答道，"留给那群猪猡去自相残杀吧，过段时间他们就会清醒了。"

他们就这样启程了。当马车艰难地爬上城市后面的小山时，天亮了。

"米格尔公开诽谤你，"中尉说，"我在市政厅听到了。我告诉过你，他会背叛你的。你今后得找个机会跟他算账。"

"我不会花时间在这种人身上报仇的，"萨伏罗拉答道，"他们自己就能下地狱了。"

马车在山顶停下，让气喘吁吁的马匹缓口气儿。萨伏罗拉迈出车门。几公里外是他离开的那座城市，看上去好像在脚下很远的地方。大火中升起浓浓的烟柱，在清晨透明的空气中凝成一团黑云。排成几行长队的白色房屋下，还能看到众议院的废墟、庭园和海港的水面。战舰停泊在内港，大炮对准城市。这幅画面十分可怖。曾经美丽的城市已破败成了这副模样。

远处一艘装甲舰上喷出一股白烟，很快传来了重炮的闷响。萨伏罗拉拿出手表：六时整。海军上将恪守约定，分秒不差。要塞开始回应战舰的炮火，许多门大炮已经在夜里转移到了朝向海港的一侧。炮战拉开了帷幕。又一些房屋烧着了，浓烟缓缓升起，融入悬浮的黑云。爆炸的炮弹在上面映出白色，还闪着黄色的火花。

"那些，"萨伏罗拉沉思许久后说道，"就是我毕生的成果。"

一只温柔的手搭在他的胳膊上。他转过脸来，露西尔就站在身边。望着绝代佳人，他感到不枉此生。

有意继续了解劳拉尼亚共和国编年史的读者随后会读到，骚乱平息后，民心再次转向那位勤勉的流亡者，他带领他们赢取胜利，却在胜利时刻被他们抛弃。读者会嘲笑人类的反复无常，他们会读到萨伏罗拉携佳偶同归，回到这座自己深爱的古城。读者会读到，蒂罗中尉因战时的英勇表现获得表彰，那枚小小的青铜色劳拉尼亚十字勋章令他受到全世界的尊敬；读到他如愿带领长矛轻骑兵的马球队前往英格兰参赛，在公开赛决胜局中击败巨富联队；读到他竭忠尽智为共和国效力，收获无限荣光，最后升至全军最高统帅。至于老保姆怎样了，编年史里并无记录——她不是历史关注的对象。但他们会读到，戈多伊和雷诺斯各自在国家机要部门担任了擅长的职务，萨伏罗拉也没有报复米格尔，后者仕途依旧顺畅，这多少制约了他卑劣可憎的个性。

然而，编年史作者发现，除了创办高校、修筑铁路和开辟航道之外，再没什么可写了。他会想起吉本那句精辟的名言——历史"仅仅是记录罪行、蠢事和人类不幸"。他也会感到欣喜——在经历了种种动荡不安之后，安定繁荣重返劳拉尼亚共和国。